ISBN 978-0-484-83195-6
PIBN 10762178

FB &c Ltd, Dalton House, 60 Windsor Avenue, London, SW19 2RR.
Company number 08720141. Registered in England and Wales.

For support please visit www.forgottenbooks.com

OPERE DI LUIGI PIRANDELLO
(Edizioni Treves).

Erma bifronte, novelle	L. 5 —
La vita nuda, novelle	5 —
Il fu Mattia Pascal, rom. Nuova ediz. rived.	5 —
Quand'ero matto...., novelle	3 —
Bianche e Nere, novelle	3 —
Terzetti, novelle	5 —
L'Esclusa, romanzo	5 —
I vecchi e i giovani, romanzo. 2 vol. . .	6 50
La trappola, novelle	5 —
Il turno; Lontano, novelle	4 —
Si gira...., romanzo	5 —
E domani, lunedì...., novelle	5 —
Un cavallo nella luna, novelle	3 —

Se non così, commedia	4 —
Maschere nude, commedie - I	6 —
Pensaci, Giacomino! - Così è (se vi pare). - Il piacere dell'onestà.	
Maschere nude, commedie - II	5 —
Il giuoco delle parti. - Ma non è una cosa seria.	

LUIGI PIRANDELLO

UN CAVALLO NELLA LUNA

NOVELLE

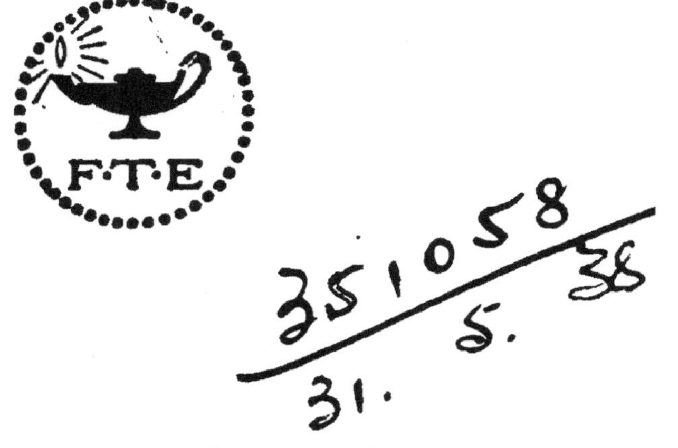

MILANO
FRATELLI TREVES, EDITORI

Sesto migliaio.

Milano, Tip. Treves - 1920.

CAVALLO NELLA LUNA.

UN CAVALLO NELLA LUNA.

Di settembre, su quell'altipiano d'aride argille strapiombante franoso sul mare africano, la campagna, già riarsa dalle rabbie dei lunghi soli estivi, era triste, tutta irta di stoppie annerite. E tuttavia fu stabilito che i due sposi vi passassero almeno i primi giorni della luna di miele.

Era necessario, in considerazione dello stato di lui, dello sposo.

Il pranzo di nozze, preparato in una sala dell'antica villa solitaria in mezzo a quelle terre assolate, con radi mandorli e qualche ceppo centenario d'olivo saraceno, non fu davvero una festa per i convitati. Nessuno di essi riuscì a vincere l'impaccio, ch'era piuttosto sbigottimento, per l'aspetto e il contegno di quel giovanotto grasso, appena ventenne, biondo, sanguigno, dal volto di pesca vellutata, che guardava qua e là coi piccoli occhi neri, lustri, da pazzo, e non intendeva più nulla, e non mangiava e non beveva e diventava di punto in punto più rosso, paonazzo, violaceo, e con gli occhi sempre più piccoli e più lustri.

Si sapeva che, preso d'un amor forsennato, aveva fatto pazzie, fino al punto di tentare di uccidersi — lui, ricchissimo, unico erede dell'antico casato dei Berardi — per colei che ora gli sedeva accanto, sposa. Era la figlia unica del colonnello del reggimento venuto da un anno in Sicilia. Il signor colonnello, mal prevenuto contro gli abitanti dell'isola, non avrebbe voluto accondiscendere a quelle nozze, per non lasciare là, come tra selvaggi, la figliuola.

Lo sbigottimento per l'aspetto e il contegno dello sposo cresceva nei convitati, quanto più essi avvertivano il contrasto con l'aria della giovanissima sposa. Era una vera bambina ancora, vispa, fresca, aliena; e pareva si scrollasse sempre d'addosso ogni pensiero fastidioso con certi scatti d'una vivacità piena di grazia, ingenua e furba nello stesso tempo. Furba però, come d'una birichina ancora ignara di tutto. Orfana, cresciuta fin dall'infanzia senza mamma, appariva infatti chiaramente che andava a nozze affatto impreparata. Tutti, a un certo punto, finito il pranzo, risero e si sentirono gelare a un'esclamazione di lei, rivolta allo sposo:

— Oh Dio, Nino, ma perchè fai codesti occhi piccoli piccoli? Lasciami..., no, scotti! Perchè ti scottano così le mani? Senti, senti, papà, come gli scottano le mani.... Che abbia la febbre?

Tra le spine, il colonnello affrettò la partenza dei convitati dalla campagna. Ma sì! per togliere quello spettacolo che gli pareva quasi indecente. Presero tutti posto in sei vetture. Quella dove il colonnello sedette accanto alla madre dello sposo, anch'essa vedova, andando a passo per il viale, rimase un po' indietro, perchè i due sposi, lei di qua, lui di là, con una mano nella mano del padre e della madre, vollero seguirla per un tratto a piedi, fino all'imboccatura dello stradone che conduceva alla città lontana. Qua il colonnello si chinò a baciar sul capo la figliuola; tossì, borbottò:

— Addio, Nino.

— Addio, Ida, — rise di là la madre dello sposo; e la carrozza s'avviò di buon trotto per raggiungere le altre coi convitati.

I due sposi rimasero per un pezzo a seguirla con gli occhi. La seguì la sola Ida veramente, perchè Nino non vide nulla, non sentì nulla, con gli occhi fissi alla sposa rimasta lì, sola con lui finalmente, tutta, tutta sua.... Ma che? Piangeva?

— Il babbo.... — disse Ida, agitando con la mano il fazzoletto in saluto. — Là, vedi?... anche lui....

— Ma tu no, Ida.... Ida mia.... — balbettò, singhiozzò quasi, Nino, facendo per abbracciarla, tutto tremante.

Ida lo scostò.

— No, lasciami.... ti prego....

— Voglio asciugarti gli occhi io....

— Grazie, no, caro: me li asciugo da me....

Nino rimase lì, goffo, a guardarla, con un viso pietoso, la bocca semiaperta. Ida finì d'asciugarsi gli occhi; poi:

— Ma che hai? — gli domandò. — Tu tremi tutto.... Dio, no, Nino: non mi star davanti così.... mi fai ridere.... Non la finisco più, bada, se mi metto a ridere!... Aspetta, ti sveglio....

Gli posò lievemente le mani su le tempie e gli soffiò sugli occhi. Al tocco di quelle dita, all'alito di quelle labbra, egli si sentì vacillare, fu per cadere in ginocchio; ma ella lo sostenne, scoppiando in una risata fragorosa:

— Su lo stradone? Sei matto? Andiamo, andiamo.... Là, guarda.... a quella collinetta là.... Si vedranno ancora le carrozze! Andiamo a vedere!

E lo trascinò via per un braccio, impetuosamente.

Da tutta la campagna intorno, ove tante erbe e tante cose sparse da tempo erano seccate, vaporava nella calura quasi un alido antico, denso, che si mescolava coi tepori grassi del fimo che fermentava in piccoli mucchi sui maggesi, e con le fragranze acute dei mentastri ancor vivi e delle salvie. Quell'alito denso, quei grassi tepori, queste fragranze pungenti, li avvertiva lui solo. Ella, dietro le spesse siepi di fichidindia, tra gli irti ciuffi giallicci delle stoppie bruciate, sentiva, invece, correndo, come strillavano gaje al sole le calandre, e come, nell'afa dei piani, nel silenzio attonito, sonava da lontane aje, auguroso, il canto di qualche gallo; si sentiva investire, ogni tanto, dal fresco respiro refrigerante, che veniva dal mare prossimo a commuover le foglie stanche, già diradate e ingiallite, dei mandorli, e quelle fitte, aguzze e cinerulee degli olivi.

Raggiunsero presto la collinetta; ma egli non si reggeva più, quasi cascava a pezzi, dalla corsa; volle sedere; tentò di far sedere anche lei, lì accanto, tirandola per la vita. Ma Ida si schermì:

— Lasciami guardare, prima....

Cominciava a essere inquieta, entro di sè. Non voleva mostrarlo. Irritata da certe curiose, strane ostinazioni di lui, non sapeva, non voleva star ferma; voleva fuggire ancora, allontanarsi ancora; scuoterlo, distrarlo e distrarsi anche lei, finchè durava il giorno.

Di là dalla collina si stendeva una pianura sterminata, un mare di stoppie, nel quale serpeggiavano qua e là le nere vestigia della debbiatura, e qua e là anche rompeva l'irto giallore qualche cespo di cappero o di liquirizia. Laggiù laggiù, quasi all'altra riva lontana di quel vasto mare giallo, si scorgevano i tetti d'un casale tra alte pioppe nere.

Ebbene, Ida propose al marito d'arrivare fin là, fino a quel casale. Quanto ci avrebbero messo? Un'ora, poco più.... Erano appena le cinque. Là, nella villa, i servi dovevano ancora sparecchiare. Prima di sera sarebbero stati di ritorno.

Cercò d'opporsi Nino, ma ella lo tirò su per le mani, lo fece sorgere in piedi, e poi via di corsa per il breve pendio di quella collinetta e quindi per quel mare di stoppie, agile e svelta come una cerbiatta. Egli, non facendo a tempo a seguirla, sempre più rosso e come intronato, sudato, ansava, correndo, la chiamava, voleva una mano....

— Almeno la mano! almeno la mano! — andava gridando.

A un tratto ella s'arrestò, dando un grido. Le si era levato davanti uno stormo di corvi, gracchiando. Più là, steso per terra, era un cavallo morto. Morto? No, no, non era morto: aveva gli occhi aperti.... Dio, che occhi! che occhi! Uno scheletro era.... E quelle costole.... quei fianchi....

Nino sopravvenne, stronfiando, arrangolato:

— Andiamo.... subito, via!... Che ci guardi? Ritorniamo, ritorniamo indietro!

— È vivo, guarda! — gridò Ida, profondamente impietosita. — Leva la testa.... Dio, che occhi!... guarda, Nino....

— Ma sì, — fece lui, ancora ansimante. — Son venuti a buttarlo qua.... Lascia; andiamocene.... Che gusto? Non senti che già l'aria qua....

— E quei corvi? — esclamò ella, con un brivido d'orrore. — Quei corvi là se lo mangiano vivo?

— Ma, Ida; per carità.... — pregò lui a mani giunte.

— Nino, basta! — gli gridò allora lei, al colmo della stizza nel vederlo così supplice e melenso. — Rispondi: se lo mangiano vivo?

— Che vuoi che sappia io, come se lo mangiano? Aspetteranno....

— Che muoja qui, di fame, di sete? — riprese ella, col volto tutto strizzato dalla compassione e dal ribrezzo. — Perchè è vecchio? perchè non serve più? Ah, povera bestia! che orrore! che infamia! Ma che cuore hanno codesti villani? che cuore avete voi qua?

— Scusami, — diss'egli, alterandosi, — tu senti tanta pietà per una bestia....

— Non dovrei sentirne?

— Ma non ne senti per me!

— E che sei bestia tu? che stai morendo forse di fame e di sete, tu, buttato in mezzo alle stoppie? Senti.... oh guarda i corvi, Nino, su.... guarda.... fanno la ruota.... Oh che cosa orribile, infame, mostruosa.... Guarda.... oh, povera bestia.... prova a rizzarsi! Nino, si muove.... forse può ancora camminare.... Nino, su, ajutiamola.... smuoviti!

— Ma che vuoi che gli faccia io? — proruppe egli, esasperato. — Me lo posso trascinare appresso? caricarmelo su le spalle? Ci mancava il cavallo, ci mancava.... Come vuoi che cammini? Non vedi che è mezzo morto?

— E se gli facessimo portare da mangiare?

— E da bere, anche!

— Oh, come sei cattivo, Nino! — disse Ida con le lagrime agli occhi.

E si chinò, vincendo il ribrezzo, a carezzare con la mano, appena appena, la testa del cavallo che s'era tirato su a stento da terra, ginocchioni su le due zampe davanti, mostrando pur nell'avvilimento di quella sua miseria infinita un ultimo resto, nel collo e nell'aria del capo, della sua nobile bellezza.

Nino, fosse per il sangue rimescolato, fosse per il dispetto acerrimo, o fosse per la corsa e per il sudore, si sentì all'improvviso abbrezzare e si mise a battere i denti, con un tremore strano di tutto il corpo; si tirò su istintivamente il bavero della giacca e, con le mani in tasca, cupo, raffagottato, disperato, andò a sedere discosto, su una pietra.

Il sole era già tramontato. Si udivano da lontano i sonaglioli di qualche carro che passava laggiù per lo stradone.

Perchè batteva i denti così? Eppure la fronte gli scottava e il sangue gli frizzava per le vene e le orecchie gli rombavano. Gli pareva che sonassero tante campane lontane.... Tutta quell'ansia, quello spasimo d'attesa, la freddezza capricciosa di lei, quell'ultima corsa, e quel cavallo ora, quel maledetto cavallo.... oh Dio, era un sogno? un incubo nel sogno? era la febbre?.... Forse un malanno peggiore.... Sì! Che bujo, Dio.... che bujo!... O gli s'era anche intorbidata la vista? E non poteva parlare, non poteva gridare.... La chiamava: “Ida! Ida!„, ma la voce non gli usciva più dalla gola arsa.

Dov'era Ida? Che faceva?

Era scappata Ida al lontano casale a chiedere ajuto per quel cavallo, senza pensare che proprio i contadini di là avevano trascinato qua la bestia moribonda.

Egli rimase lì, solo, a sedere su la pietra, tutto in preda a quel tremore crescente; e, curvo, tenendosi tutto ristretto in sè, come un grosso gufo appollajato, intravide a un tratto una cosa che gli parve.... ma sì, giusta, ora, per quanto atroce.... per quanto come una visione d'altro mondo.... ma che pure non poteva essere che così, e che così forse si sarebbe sempre fissata per lui, davanti ai suoi occhi: la luna, ma come un'altra luna d'un altro mondo, una gran luna che sorgeva lenta da quel mare giallo di stoppie; e, nera, in quell'enorme disco di rame vaporoso, la testa inteschiata di quel cavallo che attendeva ancora col collo proteso; che avrebbe atteso sempre, forse, così nero stagliato su quel disco di rame, mentre i corvi, facendo la ruota, gracchiavano alti nel cielo.

Quando Ida, disillusa, sdegnata, sperduta per la pianura, gridando: “Nino! Nino!„ ritornò, la luna s'era già alzata; il cavallo s'era riabbattuto, come morto; e Nino.... — dov'era Nino? Oh, eccolo là, per terra anche lui.... Si era addormentato là? — Corse a lui, e lo trovò che rantolava, con la faccia anche lui a terra, quasi nera, gli occhi gonfi, serrati, congestionato.

— Oh Dio!

E si guardò attorno, quasi svanita; aprì le mani, ove teneva alcune fave secche portate da quel casale per darle a mangiare al cavallo.... guardò la luna, poi il cavallo, poi qua per terra quest'uomo come morto anche lui.... si sentì mancare, assalita improvvisamente dal dubbio che tutto quello che vedeva non fosse vero, e fuggì atterrita verso la villa, chiamando a gran voce il padre, il padre che se la portasse via, oh Dio! via da quell'uomo che rantolava.... chi sa perchè! via da quel cavallo, via da sotto quella luna pazza, via da sotto quei corvi che gracchiavano nel cielo.... via, via, via....

IL CAPRETTO NERO.

Senza dubbio il signor Charles Trockley ha ragione. Sono anzi disposto ad ammettere che il signor Charles Trockley non può aver torto mai, perchè veramente la ragione e il signor Trockley sono una cosa sola. Ogni mossa, ogni sguardo, ogni parola del signor Charles Trockley sono così rigidi e precisi, così ponderati e sicuri, che chiunque, senz'altro, deve riconoscere che non è possibile il signor Charles Trockley, in qual si voglia caso, stia dalla parte del torto. Non è possibile, prima di tutto, per la posizione ch'egli prende subito, e da cui sarebbe vano tentare di rimuoverlo, di fronte a ogni questione che gli sia proposta, o avventura che gli occorra.

Io e lui, per recare un esempio, siamo nati lo stesso anno, lo stesso mese e quasi lo stesso giorno; lui, in Inghilterra; io, in Sicilia. Oggi, quindici di giugno, egli compie quarantotto anni; quarantotto ne compirò io il giorno ventotto. Bene: quant'anni avremo, lui il quindici, e io il ventotto giugno dell'anno venturo? Il signor Trockley non si perde; non èsita un minuto; con sicura fermezza sostiene che il quindici e il ventotto giugno dell'anno venturo lui e io avremo un anno di più, vale a dire quarantanove.

È possibile dar torto al signor Charles Trockley?

Il tempo non passa ugualmente per tutti. Io potrei avere da un sol giorno, da un'ora sola più danno, che non lui da dieci anni passati nella rigorosa disciplina del suo benessere; potrei vivere, per il deplorevole disordine del mio spirito, durante quest'anno, più d'una intera vita. Il mio corpo, più debole e assai men curato del suo, si è poi, in questi quarantotto anni, logorato quanto certamente non si logorerà in settanta quello del signor Trockley. Tanto vero ch'egli, pur coi capelli tutti bianchi d'argento, non ha ancora nel volto di gambero cotto la minima ruga, e può ancora tirar di scherma ogni mattina con giovanile agilità.

Ebbene, che importa? Tutte queste considerazioni, ideali e di fatto, sono per il signor Charles Trockley oziose e lontanissime dalla ragione. La ragione dice al signor Charles Trockley che io e lui, a conti fatti, il quindici e il ventotto di giugno dell'anno venturo avremo un anno di più, vale a dire quarantanove.

Premesso questo, udite che cosa è accaduto di recente al signor Charles Trockley e provatevi, se vi riesce, a dargli torto.

❦

Lo scorso aprile, seguendo il solito itinerario tracciato dal Baedeker per un viaggio in Italia, Miss Ethel Holloway, giovanissima e vivacissima figlia di Sir W. H. Holloway, ricchissimo e autorevolissimo Pari d'Inghilterra, capitò in Sicilia, a Girgenti, per visitarvi i meravigliosi avanzi dell'antica città dorica. Allettata dall'incantevole piaggia tutta in quel mese fiorita del bianco fiore dei mandorli al caldo soffio del mare africano, pensò di fermarsi più d'un giorno nel grande Hôtel des Temples che sorge fuori dell'erta e misera cittaduzza d'oggi, nell'aperta campagna, in luogo amenissimo.

Da ventidue anni il signor Charles Trockley è vice-console d'Inghilterra a Girgenti, e da ventidue anni, ogni giorno, sul tramonto, si reca a piedi, col suo passo elastico e misurato, dalla città alta sul colle alle rovine dei Tempii akragantini, aerei e maestosi su l'aspro ciglione che arresta il declivio della collina accanto, la collina akrea, su cui sorse un tempo, fastosa di marmi, l'antica città da Pindaro esaltata come bellissima tra le città mortali.

Dicevano gli antichi che gli Akragantini mangiavano ogni giorno come se dovessero morire il giorno appresso, e le lor case costruivano come se non dovessero morir mai. Poco ora mangiano, perchè grande è la miseria nella città e nelle campagne, e delle case della città antica, dopo tante guerre e sette incendii e i saccheggi, non resta più traccia. Sorge al posto di esse un bosco di mandorli e d'olivi saraceni, detto perciò il Bosco della Cìvita. E i chiomati olivi s'avanzano in teoria fin sotto alle colonne dei Tempii maestosi e par che preghino pace per quei clivi abbandonati. Sotto il ciglione scorre, quando può, il fiume Akragas che Pindaro glorificò come ricco di greggi. Qualche greggiola di capre attraversa tuttavia il letto sassoso del fiume: s'inerpica sul ciglione roccioso e viene a stendersi e a rugumare il magro pascolo all'ombra solenne dell'antico tempio della Concordia, integro ancora. Il caprajo, bestiale e sonnolento come un arabo, si sdraja anche lui sui gradini del pronao dirupati e trae qualche suono lamentoso dal suo zufolo di canna.

Al signor Charles Trockley questa intrusione delle capre nel tempio è sembrata sempre un'orribile profanazione; e innumerevoli volte ne ha fatto formale denunzia ai custodi dei monumenti, senza ottener mai altra risposta che un sorriso di filosofica indulgenza e un'alzata di spalle. Con veri fremiti d'indignazione il signor Charles Trockley di questi sorrisi e di queste alzate di spalle s'è lagnato con me che qualche volta lo accompagno in quella sua quotidiana passeggiata. Avviene spesso che, o nel tempio della Concordia, o in quello più su di Hera Lacinia, pèttine sdentato, o nell'altro detto volgarmente dei Giganti, di cui una sola colonna smozzicata resta in piedi come una sentinella ferita a guardia dei compagni caduti, avviene spesso, dicevo, che il signor Trockley s'imbatta in comitive di suoi compatriotti, venute dall'Hôtel des Temples a visitare le rovine. A tutti egli fa notare, con quell'indignazione che il tempo e l'abitudine non hanno ancora per nulla placato o affievolito, la profanazione di quelle capre sdrajate e rugumanti all'ombra delle colonne. Ma non tutti gl'inglesi visitatori, per dir la verità, condividono l'indignazione del signor Trockley. A molti anzi sembra non privo d'una certa poesia il riposo di quelle capre nei Tempii, rimasti come sono ormai solitarii in mezzo al grande e smemorato abbandono della campagna. Più d'uno, con molto scandalo del signor Trockley, di quella vista si mostra anche lietissimo e ammirato. E più di tutti lieta e ammirata se ne mostrò, lo scorso aprile, la giovanissima e vivacissima Miss Ethel Holloway, la quale arrivò finanche a commettere l'indelicatezza di voltar le spalle improvvisamente all'indignato vice-console che l'accompagnava e che proprio in quel punto stava a darle alcune preziose notizie archeologiche, di cui nè il Baedeker nè altra guida hanno ancor fatto tesoro, per correre, Dio mio, dietro a un grazioso capretto nero, nato da pochi giorni, il quale springava qua e là tra le capre sdrajate, come se per aria attorno gli danzassero tanti moscerini di luce, e poi di quei suoi salti arditi e scomposti pareva restasse lui stesso sbigottito, chè ancora ogni lieve rumore, ogni alito d'aria, ogni piccola ombra, nello spettacolo per lui tuttora incerto della vita, lo facevano rabbrividire e fremer tutto di timidezza.

Quel giorno, io ero col signor Trockley, e se molto mi compiacqui della gioja di quella piccola Miss, così di subito innamorata del capretto nero, da volerlo a ogni costo comperare; molto anche mi dolsi di quanto toccò a soffrire al povero signor Charles Trockley.

— Comperare il capretto?

— Sì, sì! comperare subito! subito!

E fremeva tutta anche lei, la piccola Miss, come quella cara bestiolina nera, forse non supponendo neppur lontanamente che non avrebbe potuto fare un dispetto maggiore al signor Trockley, che quelle bestie odia da tanto tempo cordialmente.

Invano il signor Trockley si provò a sconsigliarla, a farle considerare tutti gl'impicci che le sarebbero venuti da quella compera: dovette cedere alla fine e, per rispetto al padre di lei, accostarsi al selvaggio caprajo per trattar l'acquisto del capretto nero.

Miss Ethel Holloway, sborsato il denaro della compera, disse al signor Trockley ché avrebbe affidato il suo capretto al direttore dell'Hôtel des Temples; che poi, appena ritornata a Londra, avrebbe telegrafato perchè la cara bestiolina, pagate tutte le spese, le fosse al più presto recapitata; e se ne tornò in carrozza all'albergo, col capretto belante e guizzante tra le braccia.

Vidi, incontro al sole che tramontava fra un mirabile frastaglio di nuvole fantastiche, tutte accese sul mare che ne splendeva sotto come uno smisurato specchio d'oro, vidi nella carrozza nera quella bionda giovinetta gracile e fervida allontanarsi infusa nel nembo di luce sfolgorante, e quasi mi parve un sogno. Poi compresi che, avendo potuto, pur tanto lontana dalla sua patria, dagli aspetti e dagli affetti consueti della sua vita, concepir subito un affetto così vivo, un così vivo desiderio per un piccolo capretto nero e senz'altro porlo in atto, senza misurare nè la distanza nè le difficoltà, ella non doveva avere neppure un briciolo di quella solida ragione, che con tanta gravità governa gli atti, i pensieri, i passi e le parole del signor Charles Trockley.

E che cosa aveva allora al posto della ragione la piccola Miss Ethel Holloway?

Nient'altro che la stupidaggine, sostiene il signor Charles Trockley con un furore a stento contenuto, che quasi quasi fa pena, in un uomo come lui, sempre così compassato.

La ragione del furore è nei fatti che son seguiti alla compera del capretto nero.

❧

Miss Ethel Holloway partì il giorno dopo da Girgenti. Dalla Sicilia doveva passare in Grecia; dalla Grecia in Egitto; dall'Egitto nelle Indie.

È miracolo che, arrivata sana e salva a Londra su la fine di novembre, si sia ricordata ancora, dopo circa otto mesi e dopo tante avventure che certamente le saranno occorse in un così lungo viaggio, del capretto nero comperato un giorno lontano tra le rovine dei Tempii akragantini in Sicilia.

Appena arrivata, secondo il convenuto, scrisse per riaverlo al signor Charles Trockley.

L'Hôtel des Temples si chiude ogni anno alla metà di giugno per riaprirsi ai primi di novembre. Il direttore, a cui Miss Ethel Holloway aveva affidato il capretto, alla metà di giugno, partendo, lo aveva a sua volta affidato al custode dell'albergo, ma senz'alcuna raccomandazione, mostrandosi anzi seccato più d'un po' del fastidio che gli aveva dato e seguitava a dargli quella bestiola. Il custode aspettò di giorno in giorno che il vice-console signor Trockley, per come il direttore gli aveva detto, venisse a prendersi il capretto per spedirlo in Inghilterra; poi, non vedendo comparir nessuno, pensò bene, per liberarsene, di darlo in consegna a quello stesso caprajo che lo aveva venduto alla Miss, promettendoglielo in dono se questa, come pareva, non si fosse più curata di riaverlo, o un compenso per la custodia e la pastura, nel caso che il vice-console fosse venuto a richiederlo.

Quando, dopo circa otto mesi, arrivò da Londra la lettera di Miss Ethel Holloway, tanto il direttore dell'Hôtel des Temples, quanto il custode, quanto il caprajo si trovarono in un mare di confusione: il primo per aver affidato il capretto al custode; il custode per averlo affidato al caprajo, e questi per averlo a sua volta dato in consegna a un altro caprajo con le stesse promesse fatte a lui dal custode. Di questo secondo caprajo non s'avevano più notizie. Le ricerche durarono più d'un mese. Alla fine, un bel giorno, il signor Charles Trockley si vide presentare nella sede del vice-consolato in Girgenti un orribile bestione cornuto, fetido, dal vello stinto rossigno strappato e tutto incrostato di sterco e di mota, il quale, con rochi, profondi e tremuli belati, a testa bassa, minacciosamente, pareva domandasse che cosa si volesse da lui, ridotto per necessità di cose in quello stato, in un luogo così strano dalle sue consuetudini.

Ebbene, il signor Charles Trockley, secondo il solito suo, non si sgomentò minimamente a una tal vista; non tentennò un momento: fece il conto del tempo trascorso, dai primi d'aprile agli ultimi di dicembre, e concluse che, ragionevolmente, il grazioso capretto nero d'allora poteva esser benissimo quest'immondo bestione d'adesso. E senza neppure un'ombra d'esitazione rispose alla Miss, che subito gliel'avrebbe mandato da Porto Empedocle col primo vapore mercantile inglese di ritorno in Inghilterra. Appese al collo di quell'orribile bestia un cartellino con l'indirizzo di Miss Ethel Holloway e ordinò che fosse trasportata alla marina. Qui, lui stesso, mettendo a grave repentaglio la sua dignità, si tirò dietro con una fune la bestia restìa per la banchina del molo, seguito da una frotta di monellacci; la imbarcò sul vapore in partenza, e se ne ritornò a Girgenti, sicurissimo d'aver adempiuto scrupolosamente all'impegno, che non tanto per la deplorevole leggerezza di Miss Ethel Holloway, quanto per il rispetto dovuto al padre di lei, si era assunto.

Ieri, il signor Charles Trockley è venuto a trovarmi in casa in tali condizioni d'animo e di corpo, che subito, costernatissimo, io mi son lanciato a sorreggerlo, a farlo sedere, a fargli recare un bicchier d'acqua.

— Per amor di Dio, signor Trockley, che vi è accaduto?

Non potendo ancora parlare, il signor Trockley ha tratto di tasca una lettera e me l'ha porta.

Era di Sir H. W. Holloway, Pari d'Inghilterra, e conteneva una filza di gagliarde insolenze al signor Trockley per l'affronto che questi aveva osato fare alla figliuola Miss Ethel, mandandole quella spaventosa bestia inguardabile.

Questo, in ringraziamento di tutti i disturbi, che il povero signor Trockley s'è presi.

Ma che si aspettava dunque quella stupidissima Miss Ethel Holloway? Si aspettava forse che, a circa undici mesi dalla compera, le arrivasse a Londra quello stesso capretto nero che springava piccolo e lucido, tutto fremente di timidezza, tra le colonne dell'antico Tempio greco in Sicilia? Possibile? Il signor Charles Trockley non se ne può dar pace.

Nel vedermelo davanti in quello stato, io ho preso a confortarlo del mio meglio, riconoscendo con lui che veramente quella Miss Ethel Holloway dev'essere una creatura, non solo capricciosissima, ma del tutto irragionevole.

— Stupida! stupida! stupida!

— Diciamo meglio irragionevole, caro signor Trockley, amico mio. Ma vedete, — (mi son permesso d'aggiungere timidamente) — ella, andata via lo scorso aprile con negli occhi e nell'anima l'immagine graziosa di quel capretto nero, non poteva, siamo giusti, far buon viso (così irragionevole com'è evidentemente) alla ragione che voi, signor Trockley, le avete posta innanzi all'improvviso con quel caprone mostruoso che le avete mandato.

— Ma dunque? — mi ha domandato, rizzandosi e guardandomi con occhio nemico, il signor Trockley. — Che avrei dovuto fare, dunque, secondo voi?

— Non vorrei, signor Trockley, — mi sono affrettato a rispondergli imbarazzato, — non vorrei sembrarvi anch'io irragionevole come la piccola Miss del vostro paese lontano. Ma al posto vostro, signor Trockley, sapete che avrei fatto io? O avrei risposto a Miss Ethel Holloway che il grazioso capretto nero era morto per il desiderio de' suoi baci e delle sue carezze; o avrei comperato un altro capretto nero, piccolo piccolo e lucido, simile in tutto a quello da lei comperato lo scorso aprile e gliel'avrei mandato, sicurissimo che Miss Ethel Holloway non avrebbe affatto pensato che il suo capretto non poteva per undici mesi essersi conservato così tal quale. Séguito con ciò, come vedete, a riconoscere che Miss Ethel Holloway è del tutto irragionevole e che la ragione sta intera e tutta dalla parte vostra, come sempre, caro signor Trockley, amico mio.

I PENSIONATI DELLA MEMORIA.

Ah che bella fortuna, che bella fortuna, la vostra: accompagnare i morti al camposanto e ritornarvene a casa, signori miei, magari con una gran tristezza nell'anima e un gran vuoto nel cuore, se il morto vi era caro; e se no, con la soddisfazione d'aver compiuto un dovere increscioso e desiderosi di dissipare, rientrando nelle cure e nel tramenìo della vita, la costernazione e l'ambascia che il pensiero e lo spettacolo della morte incutono sempre. Tutti, a ogni modo, con un senso di sollievo, perchè, anche per i parenti più intimi, il morto — diciamo la verità — con quella greve gelida immobile durezza impassibilmente opposta a tutte le cure che ce ne diamo, a tutto il pianto che gli facciamo attorno, è un orribile ingombro, di cui lo stesso cordoglio — per quanto accenni e tenti di volersene ancora disperatamente gravare — anela in fondo in fondo di liberarsi.

E ve ne liberate, voi, — almeno di quest'orribile ingombro materiale — andando a lasciare i vostri morti al camposanto. Sarà una pena, sarà un fastidio; ma poi vedete sciogliersi il mortorio; calare il feretro nella fossa; là, e addio. Finito.

Vi sembra poca fortuna?

A me, tutti i morti che accompagno al camposanto, mi ritornano indietro.

Indietro, indietro. Fanno finta d'esser morti, dentro la cassa. O forse veramente sono morti per sè. Ma non per me, vi prego di credere! Quando tutto per voi è finito, per me non è finito niente. Se ne rivengono meco, tutti, a casa mia. Ho la casa piena. Voi credete di morti? Ma che morti! Sono tutti vivi. Vivi, come me, come voi, più di prima.

Soltanto — questo sì — sono disillusi.

Perchè — riflettete bene: che cosa può esser morto di loro? Quella realtà ch'essi diedero, e non sempre uguale, a sè medesimi, alla vita. Oh, una realtà molto relativa, vi prego di credere. Non era la vostra; non era la mia. Io e voi, infatti, vediamo, sentiamo e pensiamo, ciascuno a modo nostro noi stessi e la vita. Il che vuol dire, che a noi stessi e alla vita diamo ciascuno a modo nostro una realtà: la projettiamo fuori e crediamo che, così com'è nostra, debba essere anche di tutti; e allegramente ci viviamo in mezzo e ci camminiamo sicuri, il bastone in mano, il sigaro in bocca.

Ah, signori miei, non ve ne fidate troppo! Basta un soffio, signori miei, a portarsela via, codesta vostra realtà! Ma non vedete che vi cangia dentro di continuo? Cangia, appena cominciate a vedere, a sentire, a pensare un tantino diversamente di poc'anzi; sicchè ciò che poc'anzi era per voi la realtà, v'accorgete adesso ch'era invece un'illusione. Ma pure, ahimè, c'è forse altra realtà fuori di questa illusione? E che cos'altro è dunque la morte se non la disillusione totale?

Ma ecco: se sono tanti poveri disillusi i morti, per l'illusione che si fecero di sè medesimi e della vita; per quella che me ne faccio io ancora, possono aver la consolazione di viver sempre, finchè vivo io. E se n'approfittano! V'assicuro che se n'approfittano.

Guardate. Ho conosciuto, più di vent'anni fa, in terra (Dio ne scampi!) di tedeschi — a Bonn sul Reno — un certo signor Herbst. *Herbst* vuol dire autunno; ma il signor Herbst era anche d'inverno, di primavera e d'estate, cappellajo, e aveva bottega in un angolo della Piazza del Mercato, presso la Beethoven-Halle.

Vedo quel canto della piazza, come se vi fossi ancora, di sera; ne respiro gli odori misti esalanti dalle botteghe illuminate, odori grassi; e vedo i lumi accesi anche innanzi la vetrina del signor Herbst, il quale se ne sta su la soglia della bottega con le gambe aperte e le mani in tasca. Mi vede passare, inchina la testa e mi augura, con la special cantilena del dialetto renano:

— *Gute Nacht, Herr Docktor!*

Sono trascorsi più di vent'anni. Ne aveva, a dir poco, cinquantotto il signor Herbst, allora. Ebbene, forse a quest'ora sarà morto. Ma sarà morto per sè, non per me, vi prego di credere. Ed è inutile, proprio inutile che mi diciate che siete stati di recente a Bonn sul Reno e che nell'angolo della Marktplatz accanto alla Beethoven-Halle non avete trovato traccia nè del signor Herbst nè della sua bottega di cappellajo. Che ci avete trovato invece? Un'altra realtà, è vero? E credete che sia più vera di quella che ci lasciai io vent'anni fa? Ripassate, caro signore, di qui ad altri vent'anni, e vedrete che ne sarà di questa che ci avete lasciato voi adesso.

Quale realtà? Ma credete forse che la mia di vent'anni fa, col signor Herbst su la soglia della sua bottega, le gambe aperte e le mani in tasca, sia quella stessa che si faceva di sè e della sua bottega e della Piazza del Mercato, lui, il signor Herbst? Ma chi sa il signor Herbst come vedeva sè stesso e la sua bottega e quella piazza!

No, no, cari signori: quella era una realtà mia, unicamente mia, che non può cangiare nè perire, finchè io vivrò, e che potrà anche vivere eterna, se io avrò la forza d'eternarla in qualche pagina, o almeno, via, per altri cento milioni d'anni, secondo i calcoli fatti or ora in America circa la durata della Terra.

Ora, com'è per me del signor Herbst tanto lontano, se a quest'ora è morto; così è dei tanti morti che vado ad accompagnare al camposanto e che se ne vanno anch'essi per conto loro assai più lontano e chi sa dove. La realtà loro è svanita: ma quale? quella ch'essi davano a sè medesimi. E che potevo saperne io, di quella loro realtà? Che ne sapete voi? Io so quella che davo ad essi per conto mio. Illusione la mia e la loro.

Ma se essi, poveri morti, si sono totalmente disillusi della loro, l'illusione mia ancora vive ed è così forte che io, ripeto, dopo averli accompagnati al camposanto, me li vedo ritornare indietro, tutti, tali e quali, pian piano, fuori della cassa, accanto a me.

— Ma perchè, — voi dite, — non se ne ritornano alle loro case, invece di venirsene a casa vostra?

Oh bella! ma perchè non hanno mica una realtà per sè, da potersene andare dove lor piace. La realtà non è mai per sè. Ed essi l'hanno, ora, per me, e con me dunque per forza se ne debbono venire.

Poveri pensionati della memoria, oh, la disillusione loro m'accora indicibilmente.

Dapprima, cioè appena terminata l'ultima rappresentazione (dico dopo l'accompagnamento funebre) quando rivengon fuori dal feretro per ritornarsene con me a piedi dal camposanto, hanno una certa balda vivacità sprezzante, come di chi si sia scrollato con poco onore, è vero, a costo di perder tutto, un gran peso d'addosso e, pur rimasto come peggio non si potrebbe, voglia tuttavia rifiatare. Eh sì! almeno, via, un bel respiro di sollievo. Tante ore, lì, rigidi, immobili, impalati su un letto, a fare i morti.... Vogliono sgranchirsi: girano e rigirano il collo; alzano or questa or quella spalla; stirano, storcono, dimenano le braccia; vogliono muover le gambe speditamente e anche mi lasciano di qualche passo indietro. Ma non possono mica allontanarsi troppo. Sanno bene d'esser legati a me, d'aver ormai in me soltanto la loro realtà, o illusione di vita, che fa proprio lo stesso.

Altri — parenti — qualche amico — li piangono, li rimpiangono, ricordano questo o quel loro tratto, soffrono della loro perdita; ma questo pianto, questo rimpianto, questo ricordo, questa sofferenza sono per una realtà che fu, ch'essi credono svanita col morto, perchè non hanno mai riflettuto sul valore di questa realtà. Tutto è per loro l'esserci o il non esserci d'un corpo.

Basterebbe a consolarli il credere che questo corpo non c'è più, non perchè sia già sotterra, ma perchè è partito, in viaggio, e ritornerà chi sa quando.

Su, lasciate tutto com'è: la camera pronta per il suo ritorno; il letto rifatto, con la coperta un po' rimboccata e la camicia da notte distesa; la candela e la scatola dei fiammiferi sul comodino; le pantofole innanzi alla poltrona, a piè del letto.

— È partito. Ritornerà.

Basterebbe questo. Sareste consolati. Perchè? Perchè voi date una realtà per sè a quel corpo, che invece, per sè, non ne ha nessuna.

Tanto vero che — morto — si disgrega, svanisce.

— Ah, ecco, — esclamate voi ora. — Morto! Tu dici che, morto, si disgrega; ma quando era vivo? Aveva una realtà!

Cari miei, torniamo daccapo? Ma sì, quella realtà ch'egli si dava e che voi gli davate. E non abbiamo provato ch'era un'illusione? La realtà ch'egli si dava, voi non la sapete, non potete saperla perchè era fuori di voi; voi sapete quella che gli davate voi. E non potete forse ancor dargliela senza vedere il suo corpo? Ma sì! tanto vero, che subito vi consolereste, se poteste crederlo partito, in viaggio. Dite di no? E non seguitaste forse a dargliela tante volte, sapendolo realmente partito, in viaggio? E non è forse quella stessa che io dò da lontano al signor Herbst, che non so se per sè sia vivo o morto?

Via, via! sapete perchè voi piangete, invece? Per un'altra ragione piangete, cari miei, che non supponete neppur lontanamente. Voi piangete perchè *il morto, lui, non può più dare a voi una realtà.* Vi fanno paura i suoi occhi chiusi, che non vi possono più vedere; quelle sue mani dure gelide, che non vi possono più toccare. Non vi potete dar pace per quella sua assoluta insensibilità. Dunque, proprio, perchè egli, il morto non *vi sente più*. Il che vuol dire che vi è caduto con lui, per la vostra illusione, un sostegno, un conforto: la *reciprocità dell'illusione*.

Quand'egli era partito, in viaggio, voi, sua moglie, dicevate:

— Se egli da lontano mi pensa, io sono viva per lui.

E questo vi sosteneva e vi confortava. Ora ch'egli è morto, voi non dite più:

— *Io non sono più viva per lui!*

Dite invece:

— *Egli non è più vivo per me!*

Ma sì ch'egli è vivo per voi! Vivo per quel tanto che può esser vivo, cioè per quel tanto di realtà che voi gli avete dato. La verità è che voi gli deste sempre una realtà molto labile, una realtà tutta fatta per voi, per l'illusione della vostra vita, e niente o ben poco per quella di lui.

Ed ecco perchè i morti se ne vengono da me, ora. E con me — poveri pensionati della memoria — amaramente ragionano su le vane illusioni della vita, di cui essi al tutto si sono disillusi, di cui non posso ancora disilludermi al tutto anch'io, benchè come loro le riconosca vane.

RONDONE E RONDINELLA.

Chi fosse *Rondone* e chi *Rondinella* nè lo so io veramente, nè in quel paesello di montagna, dove ogni estate venivano a fare il nido per tre mesi, lo sa nessuno.

La signorina dell'ufficio postale giura di non essere riuscita in tanti anni a cavare un suono umano, mettendo insieme i *k*, le *h*, i *w* e tutti gli *f* del cognome di lui e del cognome di lei, nelle rarissime lettere che ricevevano. Ma quand'anche la signorina dell'ufficio postale fosse riuscita a compitare quei due cognomi, che se ne saprebbe di più?

Meglio così, penso io. Meglio chiamarli *Rondone* e *Rondinella*, come tutti li chiamavano in quel paesello di montagna: *Rondone* e *Rondinella*, non solo perchè ritornavano ogn'anno, d'estate, non si sa donde, al vecchio nido; non solo perchè andavano, o meglio, svolavano irrequieti dalla mattina alla sera per tutto il tempo che durava il loro soggiorno colà; ma anche per un'altra ragione un po' meno poetica.

Forse nessuno in quel paesello avrebbe mai pensato di chiamarli così, se quel signore straniero, il primo anno, non fosse venuto con un lungo farsetto nero di saja, dalle code svolazzanti, e in calzoni bianchi; e anche se, cercando una casetta appartata per la villeggiatura, non avesse scelto la villetta del medico e sindaco del paese, piccola piccola, come un nido di rondine, su in cima al greppo detto della Bastìa, tra i castagni.

Piccola piccola, quella villetta, e tanto grosso lui, quel signore straniero! Oh, un pezzo d'omaccione sanguigno, con gli occhiali d'oro e la barba nera, che gl'invadeva arruffata e prepotente le guance, quasi fin sotto gli occhi, pur senza dargli alcuna aria fosca o truce, perchè gli spirava anzi da tutto il corpo vigoroso una cordialità franca, esuberante, possente.

Con la testa alta sul torace erculeo pareva fosse sempre sul punto di lanciarsi, con impeto d'anima infantile, a qualche richiamo misterioso, lontano, che lui solo intendeva: o su in vetta al monte, o giù nella valle sterminata, ora da una parte ora dall'altra. Ne ritornava, sudato, infocato, anelante, o con una conchiglietta fossile in un pugno, o con un fiorellino in bocca, come se proprio quella conchiglietta o quel fiorellino lo avessero chiamato all' improvviso da miglia e miglia lontano, su dal monte o giù dalla valle.

E vedendolo andar così, con quel farsetto nero e quei calzoni bianchi, come non chiamarlo Rondone?

❦

La Rondinella era arrivata, il primo anno, circa quindici giorni dopo di lui, quand'egli aveva già trovato e apparecchiato il nido lassù, tra i castagni.

Era arrivata improvvisamente, senza che egli ne sapesse nulla, e aveva molto stentato a far capire che cercava di quel signore straniero, e che voleva esser guidata alla casa di lui.

Ogni anno la Rondinella arrivava due o tre giorni dopo, e sempre così all'improvviso. Un anno solo, arrivò un giorno prima di lui. Il che dimostra chiaramente che tra loro non c'era intesa, e che qualche grave ostacolo dovesse impedir loro d'aver notizia l'uno dell'altra. Certo, come dai bolli postali su le lettere si ricavava, abitavano nel loro paese in due città diverse.

Sorse sin da principio il sospetto, ch'ella

fosse maritata, e che ogn'anno, lasciata libera per tre mesi, venisse là a trovar l'amante, a cui non poteva neanche dar l'annunzio del giorno preciso dell'arrivo. Ma come conciliare questi impedimenti e tanto rigor di sorveglianza su lei con la libertà intera, di cui ella poi godeva nei tre mesi estivi in Italia?

Forse i medici avevano detto al marito che la rondinella aveva bisogno di sole; e il marito accordava ogn'anno quei tre mesi di vacanza, ignaro che la rondinella, oltre che di sole, anzi più che di sole, andava in Italia a far cura d'amore.

Era piccola e diafana, come fatta d'aria; con limpidi occhi azzurri, ombreggiati da lunghissime ciglia: occhi timidi e quasi sbigottiti, nel gracile visino. Pareva che un soffio la dovesse portar via, o che, a toccarla appena appena, si dovesse spezzare. A immaginarla tra le braccia di quel pezzo d'omone impetuoso, si provava quasi sgomento.

Ma tra le braccia di quell'omone, che nella villetta lassù la attendeva impaziente, con un fremito di belva intenerita, ella, così piccola e gracile, correva ogni anno a gettarsi felice, senza nessuna paura, non che di spezzarsi, ma neppur di farsi male un pochino. Sapeva tutta la dolcezza di quella forza, tutta la leggerezza sicura e tenace di quell'impeto, e s'abbandonava a lui perdutamente.

❦

Ogni anno, per il paese, l'arrivo di Rondinella era una festa.

Così almeno credeva Rondinella.

La festa, certo, era dentro di lei, e naturalmente la vedeva per tutto, fuori. Ma sì, come no? Tutte le vecchie casette, che il tempo aveva vestite d'una sua particolar pàtina rossigna, aprivano le finestre al suo arrivo, rideva l'acqua delle fontanelle, gli uccelli parevano impazziti dalla gioja.

Rondinella, certo, intendeva meglio i discorsi degli uccelli, che quelli de la gente del paese. Anzi questi non li intendeva affatto. Quelli degli uccelli pareva proprio di sì, perchè sorrideva tutta contenta e si voltava di qua e di là al cinguettìo dei passeri saltellanti tra i rami delle alte querce di scorta all'erto stradone, che saliva da Orte al borgo montano.

La vettura, carica di valige e di sacchetti, andava adagio, e il vetturino non poteva fare a meno di voltarsi indietro di tratto in tratto a sorridere alla piccola Rondinella, che ritornava al nido come ogn'anno, e a farle cenno con le mani, che *lui* già c'era, il suo Rondone: sì, lassù, da tre giorni; c'era, c'era....

Rondinella alzava gli occhi al monte ancora lontano, su cui i castagni, ove non batteva il sole, s'invaporavan d'azzurro, e forzava gli occhi a scoprire lassù lassù il puntino roseo della villetta.

Non la scopriva ancora; ma ecco là il castello antico, ferrigno, che domina il borgo; ed ecco più giù l'ospizio dei vecchi mendichi, che hanno accanto il cimitero, e stanno lì come a fare anticamera, in attesa che la signora morte li riceva.

Appiè del borgo, incombente su lo stradone serpeggiante, il boschetto delle nere elci maestose dava a Rondinella, ogni volta che vi passava sotto, un senso di freddo e quasi di sgomento. Ma durava poco. Subito dopo, passato quel boschetto, si scopriva su la Bastìa la villetta.

Come vivessero entrambi lassù, nessuno sapeva veramente; ma era facile immaginarlo. Una vecchia serva andava a far la pulizia, ogni mattina, quand'essi scappavan via dal nido e si davano a svolare, come portati da una gioja ebbra, di qua e di là, istancabili, o su al monte, o giù nella valle, per le campagne, pe' paeselli vicini.... C'è chi dice d'aver veduto qualche volta Rondone regger su le braccia, come una bambina, la sua Rondinella.

Tutti nel paese sorridevano lieti nel vederli passare in quella gioja viva d'amore, quando, stanchi delle lunghe corse, venivan per i pasti alla trattoria. S'eran già tutti abituati a vederli, e sentivano che un'attrattiva, un godimento sarebbero mancati al paese, se quel rondone e quella rondinella non fossero ritornati qualche estate al loro nido lassù. Il medico non pensava ad affittare ad altri la villetta, sicuro ormai, dopo tanti anni, che quei due non sarebbero mancati.

Sul finire del settembre, prima partiva lei; due o tre giorni dopo, partiva lui. Ma gli ultimi giorni avanti la partenza, non uscivano più dal nido neppure per un momento. Si capiva che dovevan prepararsi a un distacco assoluto per tutt'un anno, tenersi stretti così, a lungo, prima di separarsi per tutt'un anno. Si sarebbero riveduti? Avrebbe potuto lei, così piccola e gracile, resistere al gelo di tanti mesi senza il fuoco di quell'amore, senza più il sostegno della grande forza di lui? Forse sarebbe morta, durante l'inverno; forse egli, l'estate ventura, ritornando al vecchio nido, la avrebbe attesa invano.

L'estate veniva, il Rondone arrivava e aspettava con trepidazione uno, due, tre giorni; al terzo giorno ecco la Rondinella, ma d'anno in anno sempre più gracile e diafana, con gli occhi sempre più timidi e sbigottiti.

Finchè, la settima estate....

No, non mancò lei. Lei venne, tardi. Mancò lui; e fu dapprima per tutto il paese una gran delusione.

— Ma come, non viene? Non è ancora venuto? verrà più tardi?

Il medico, assediato da queste domande, si stringeva nelle spalle. Che poteva saperne? Era dolente anche lui, che mancasse al paese il lieto spettacolo del rondone e della rondinella innamorati, ma era anche seccato più d'un po', che la villetta gli fosse rimasta sfitta.

— A fidarsi....

— Ma certo qualcosa gli sarà accaduta....

— Che sia morto?

— O che sia morta lei, piuttosto!

— O che il marito abbia scoperto....

E tutti guardavano con pena la rosea villetta, il nido deserto, su in cima alla Bastìa, tra i castagni.

Passò il giugno, passò il luglio, stava per

passare anche l'agosto, quando all'improvviso corse per tutto il paese la notizia:

— Arrivano!... arrivano!...

— Insieme, tutti e due, Rondone e Rondinella?

— Insieme, tutti e due!

Corse il medico, corsero tutti quelli che stavan seduti nella farmacia, e i villeggianti dal caffè su la piazza; ma fu una nuova delusione e più grande della prima.

Nella vettura, venuta su da Orte a passo a passo, c'era sì la Rondinella (c'era, per modo di dire!), ma accanto a lei non c'era mica il Rondone. Un altro c'era, un omacciotto biondo, dalla faccia quadra, placido e duro.

Forse il marito. Ma no, che forse! Non poteva essere che il marito, colui! La legalità, pareva, fatta persona. E, *legalità,* pareva dicesse ogni sguardo degli occhi ovati dietro gli occhiali; *legalità,* ogni atto, ogni gesto; *legalità, legalità,* ogni passo, appena egli smontò dalla vettura e si fece innanzi al medico, che era anche il sindaco, per pregarlo, in francese, se poteva di grazia fargli avere una barella per trasportare una povera inferma, incapace di reggersi sulle gambe, a una certa villetta, sita — come gli era stato detto — in un luogo....

— Ma sì, lo so bene: la villetta è mia....

— No, prego, signore: sita, mi è stato detto ed io ripeto, in un luogo troppo alto, perchè una vettura vi possa salire.

Ah, gli occhi di Rondinella come chiaramente dicevano intanto dalla vettura, ch'ella moriva per quell'uomo composto e rispettabile, che sapeva parlare così esatto e compito! Essi soli, quegli occhi, vivevano ancora, e non più timidi ormai, ma lustri dalla gioja d'aver potuto rivedere quei luoghi, e lustri anche d'una certa malizietta nuova, insegnata loro (troppo tardi!) dalla morte ahimè troppo vicina.

— Ridete, ridete tutti, ridete forte, a coro, accanto a me, — diceva quella malizietta dagli occhi a tutta la gente che guardava attorno alla vettura, costernata e quasi smarrita nella pena, — ridete forte di quest'uomo composto e rispettabile, che sa parlare così esatto e compito! Egli mi fa morire, con la sua rispettabilità, con la sua quadrata esattezza scrupolosa! Ma non ve ne affliggete, vi prego, poichè ho potuto ottener la grazia di morir qua; vendicatemi piuttosto ridendo forte di lui. Io ne posso rider piano e ormai per poco e così con gli occhi soltanto. Vedete la vostra rondinella come s'è ridotta? Dacchè volava, deve andare in barella, ora, alla villetta lassù....

— E il Rondone? il tuo Rondone? — chiedevano ansiosi a quegli occhi gli occhi della gente attorno alla vettura. — Che ce n'è del tuo rondone, che non è venuto? Non è venuto perchè tu sei così? O tu sei così, perchè egli è morto?

Gli occhi di Rondinella forse intendevano queste domande ansiose; ma le labbra non potevano rispondere. E gli occhi allora si chiudevano con pena.

Con gli occhi chiusi, Rondinella pareva morta.

Certo qualche cosa doveva essere accaduta; ma che cosa, nessuno lo sa. Supposizioni, se ne possono far tante, e si può anche facilmente inventare. Certo è questo che Rondinella venne a morir sola nella villetta lassù; e di Rondone non si è saputo più nulla.

IL GATTO, UN CARDELLINO E LE STELLE.

Una pietra.... un'altra pietra.... L'uomo passa e le vede accanto. Ma che sa questa pietra della pietra accanto? E della zana, l'acqua che vi scorre dentro? Neppur sa di scorrere, l'acqua, che ignora anche sè stessa.... L'uomo vede l'acqua e la zana; vi sente scorrer l'acqua, che per sè non ha orecchie da sentirsi, e arriva finanche a immaginare che quell'acqua confidi, passando, chi sa che segreti alla zana.

Ah che notte di stelle sui tetti di questo povero paesello tra i monti! A guardare il cielo da quei tetti si può giurare che le stelle questa notte non vedano altro, così vivamente vi sfavillano sopra. E le stelle ignorano anche la terra. Quei monti? Ma possibile che non sappiano che sono di questo paesello qua, che sta in mezzo a loro da quasi mill'anni? Tutti sanno

come si chiamano! Monte Corno, Monte Moro.....
— e non saprebbero neppure d'esser monti?
E allora anche la più vecchia casa di questo paesello ignorerebbe d'esser sorta qui, di far cantone qui a questa via che è la più antica di tutte le vie? Ma è mai possibile?

E allora?

❦

Allora credete pure, se vi piace, che le stelle non vedano altro che i tetti del vostro paesello tra i monti.

Io ho conosciuto due vecchi nonni che avevano un cardellino. La domanda, come i tondi occhietti vivaci di quel cardellino vedessero le loro facce, la gabbia, la casa con tutti i vecchi arredi, e che cosa la testa di quel cardellino potesse pensare di tutte le cure, di tutte le amorevolezze di cui lo facevano segno, non s'era mai certamente affacciata ai due vecchi nonni, tanto eran sicuri che, quando il cardellino veniva a posarsi sulla spalla dell'uno o dell'altra e si metteva a beccar loro il collo grinzoso o il lobo dell'orecchio, esso sapeva benissimo che quella su cui si posava era una spalla e quello che beccava un lobo d'orecchio, e che la spalla e l'orecchio eran quelli di lui e non quelli di lei. Ma sì, senza dubbio: li conosceva entrambi! che lui era il nonno e lei la nonna.... Possibile che non sapesse neppur questo? e che tutti e due lo amavano tanto perchè era stato della nipotina morta, che lo aveva così bene ammaestrato, a venir sulla spalla, a bezzicar così l'orecchio, a svolar per casa fuori della gabbia?

Tutta la casa, per lui. Nella gabbia, sospesa tra le tende al palchetto della finestra nella stessa camera dove dormivano loro, vi stava la notte soltanto e, di giorno, nei brevi momenti che si recava a beccare il suo miglio e a bere con molti inchini smorfiosi una gocciolina d'acqua. Già. Quella gabbia lì era come la reggia; la casa di sei stanze, il vasto regno per cui dalla mattina alla sera andava a spasso, a far dove meglio gli talentasse, sul paralume della lampada a sospensione nella sala da pranzo o sulla spalliera del seggiolone, i suoi gorgheggi e anche.... — si sa, un cardellino!

— Sudicione.... — lo sgridava la vecchia nonna, come gliela vedeva fare. E correva con lo strofinaccio sempre pronto a ripulire, come se per casa ci fosse un bambino da cui ancora non si potesse pretendere il giudizio di far certe cose con regola e al loro posto. E si ricordava intanto di lei, la vecchia nonna, della nipotina si ricordava, che quel servizio lì, povero amore, per più d'un anno gliel'aveva fatto fare, finchè poi, da brava....

— Ti ricordi, eh?

E il vecchio — ricordarsi? se la vedeva ancora lì per casa.... piccina piccina.... così.... E tentennava a lungo il capo.

Erano rimasti soli, loro due vecchi soli con quell'orfanella cresciuta da piccola in casa, che doveva esser la gioja, la consolazione unica della loro vecchiaja; e invece, a quindici anni.... Ma era rimasto vivo di lei.... vivo, sì, gorgheggiante — trilli e ali — il ricordo, in quel cardellino.... E dire che dapprima non ci avevan pensato! Proprio. Nell'abisso di disperazione in cui eran piombati, dopo la sciagura, potevano mai pensare a un cardellino? Ma su le loro spalle curve, sussultanti all'impeto dei singhiozzi, lui, il cardellino, — lui, lui — era venuto lui, da sè, a posarsi lieve lieve, movendo la testolina di qua e di là, poi aveva allungato il collo, e una beccatina, di dietro, all'orecchio, come per dire che.... sì, era una cosa viva di lei, ancora!... viva, viva, sì! e che aveva ancora bisogno delle loro cure, dello stesso amore che avevano avuto per lei. Ah con qual tremore lo aveva preso, il vecchio, nella sua grossa mano e mostrato alla sua vecchia, singhiozzando! Che baci su quel capino, su quel beccuccio! Ma non voleva esser preso, lui, imprigionato lì in quella mano.... armeggiava con le zampine, con la testina.... beccava.... si scrollava i baci, le lagrime dei due vecchi.... Ma sì, perchè voleva dimostrar loro ch'era vivo, lui, per sè e per loro, una cosa viva ancora lì per casa, ecco, ecco, e che avrebbe seguitato a trillare, così, come prima, ecco.

Come prima? Ma che! Era certa, ora, certissima la vecchia nonna che con quei gorgheggi il cardellino chiamava lei, la sua padroncina, e che svolando di qua, di là per le stanze, la cercava, la cercava senza requie, non sapendo darsi pace di non trovarla più, la sua padroncina; e che eran tutti discorsi per lei, quei lunghi gorgheggi lì; domande, ecco, proprio domande che meglio di così, con le parole, non si sarebbero potute fare; domande ripetute tre, quattro volte di seguito, che attendevano una risposta e dimostravan la stizza di non riceverla.

Ma come, se poi era anche certo, certissimo che il cardellino sapeva della morte? Se sapeva, chi chiamava? da chi attendeva risposta a quelle domande che meglio di così, con le parole, non si sarebbero potute fare?

Oh Dio mio, cardellino era infine!... Ora la

chiamava, ora la piangeva.... Che in quel momento lì, per esempio, così tutto raccolto, rinchioccito sul regoletto della gabbia, col capino rientrato e il beccuccio in su e gli occhietti semichiusi pensasse a lei morta, si poteva mettere in dubbio? Certi pigolìi brevi, sommessi, lasciava andare di tratto in tratto in quei momenti lì, che eran la prova più evidente che pensava a lei e la piangeva e si lamentava. Erano uno strazio quei pigolìi.

Il vecchio nonno non diceva di no alla sua vecchia. N'era così certo anche lui! Pur non di meno, saliva pian piano su la seggiola, come per bisbigliar davvicino qualche parolina di conforto a quella povera cara animuccia in pena, e intanto con le mani non ben ferme riapriva — ma quasi senza voler vedere lui stesso quello che faceva — lo sportellino a scatto della gabbia che s'era richiuso; perchè aveva il vizio il birichino di sciogliere a furia di beccate il nodo della cordellina che reggeva quello sportello a scatto quand'era aperto, tenendolo legato a una delle grettole della gabbiola. Così, restava lì chiuso, e....

— Ecco che scappa! ecco che scappa, il birichino! — esclamava il vecchio, voltandosi sulla sedia a seguirlo con gli occhi piccini, ridenti, le due mani aperte davanti al volto come a pararlo....

E allora nonno e nonna litigavano; ma sì, litigavano perchè tante e tante volte glielo aveva detto lei, che lo lasciasse stare quand'era così, che non andasse a frastornarlo dalla sua pena. Ecco, lo sentiva ora?

— Canta, — diceva il vecchio.

— Ma che canta! — rimbeccava lei, con una scrollata di spalle. — Te ne sta zufolando di cotte e di crude! È arrabbiatissimo!

E accorreva per calmarlo. Ma che calmare! Scattava via di qua, di là, proprio impermalito, ecco, e con ragione, con ragione perchè gli doveva parere di non esser considerato in quei momenti lì.

E il bello era che il nonno, non solo si pigliava tutti quei rimbrotti senza dire alla nonna che lo sportellino a scatto della gabbiola era chiuso e che forse il cardellino pigolava così lamentosamente per questo, ma piangeva sentendo parlare a quel modo la sua vecchia appresso al cardellino, piangeva e riconosceva tra sè, crollando il capo tra le lagrime:

— Poverino, ha ragione.... poverino, ha ragione.... non si sente considerato!

Lo sapeva bene infatti, il nonno, che cosa volesse dire non sentirsi considerati. Tutti e due, poveri vecchi, non eran considerati da nessuno ed erano messi alla berlina, perchè non vivevano più d'altro ormai che di quel cardellino lì, e perchè si condannavano a star perpetuamente con tutte le finestre chiuse; e lui anche, il vecchio nonno, a non metter più il naso fuori della porta, perchè era vecchio sì e piangeva lì in casa come un bambino, ma oh! mosche sul naso non se n'era fatte posar mai, e se qualcuno, per via, avesse avuto la cattiva ispirazione di farsi beffe di lui, la vita (ma che prezzo ormai aveva più la vita per lui?) come niente, come niente se la sarebbe giocata.... Sissignori, per quel cardellino lì, se qualcuno avesse avuta la cattiva ispirazione di dirgli qualche cosa.... Tre volte, in gioventù, era stato proprio a un pelo.... là, o la vita o la libertà! Ah, ci metteva poco lui a perder la vista degli occhi....

Ogni qual volta questi propositi violenti gli s'accendevano nel sangue, s'alzava il vecchio nonno, spesso col cardellino su la spalla, e andava a guatare con occhi truci dai vetri della finestra le finestre delle case dirimpetto.

Che fossero case, quelle lì dirimpetto; che quelle fossero finestre, coi vetri intelajati, le ringhierine, i vasi di fiori e tutto; che quelli su fossero tetti con fumaiuoli, tegole, grondaje, non poteva mica dubitare il vecchio nonno che sapeva anche a chi appartenevano, quelle case, chi vi stava, come ci si viveva.... Il guajo era che la domanda, la domanda, che cosa fossero invece per il cardellino che gli stava accoccolato su la spalla, quella sua casa e quelle altre case dirimpetto, e anche là per quel magnifico gattone bianco soriano, che se ne stava tutto aggruppato sul davanzale di quella finestra di contro, con gli occhi chiusi a crogiolarsi al sole, non gli s'affacciava per nulla alla mente. Finestre? vetri? tetti? tegole? casa mia? casa tua? Per quel gattone bianco lì che dormiva al sole, casa mia? casa tua? Ma se poteva entrarci, tutte erano sue! Case? Che case! posti, posti dove si poteva rubare; posti dove si poteva dormire più o meno comodamente; o fingere anche di dormire.... Già! Perchè quei due vecchi nonni tenevano sempre le finestre chiuse e chiusa la porta di casa, credevano ora che un gatto, volendo, non potesse trovare un'altra via per entrare a mangiarsi quel cardellino lì?.... E doveva sapere quel gatto che il cardellino era tutta la vita di quei due vecchi nonni perchè era stato della nipotina morta che lo aveva così bene ammaestrato a svolar per casa fuori della gabbia? e doveva sapere anche che il vecchio nonno, una volta che lo aveva sorpreso dietro una delle finestre a spiare tutto intento attraverso i vetri chiusi il volo spensierato di quel cardellino per la stanza, era andato furente ad ammonir la padrona che guaj, guaj se un'altra volta lo avesse sorpreso lì? Lì? quando? come? La padrona.... i nonni.... la finestra.... il cardellino?...

E così, un giorno, se lo mangiò — ma sì, quel cardellino che per lui poteva anche essere un altro — se lo mangiò entrando in casa dei due vecchi, chi sa come, chi sa donde.... La nonna — era quasi sera — intese appena, di là, come un piccolo squittìo, un lamento; il nonno accorse, intravide una cosa bianca che s'avventava scappando per la cucina e, per terra, sparse, alcune piccole piume del petto, le più tènere, che, mossa l'aria al suo entrare, si scossero lievi, lì sul pavimento. Che grido! E trattenuto invano dalla sua vecchia, s'armò, corse come un pazzo in casa della vicina. No, non la vicina, il gatto, il gatto voleva uccidere il vecchio, là, sotto gli occhi di lei; e sparò nella saletta da pranzo, come lo vide lì quieto a seder sulla credenza, sparò una, due, tre volte, fracassando le stoviglie, finchè non accorse, armato anche lui, il figlio della vicina, che sparò sul vecchio....

Una tragedia. Fra grida e pianti il nonno fu trasportato moribondo, ferito al petto, alla sua casa, alla sua vecchia.

Il figlio della vicina era fuggito per le campagne. La rovina in due case; lo scompiglio in tutto il paesello per tutta una notte....

E il gatto mica se lo ricordava, un momento dopo, che s'era mangiato il cardellino, un qualunque cardellino; e mica aveva capito che il vecchio aveva sparato contro di lui. Aveva fatto un bel balzo, al botto; era scappato via, e ora — eccolo là — se ne stava quieto, tranquillo, così tutto bianco sul tetto nero a guardare le stelle che dalla cupa profondità della notte interlunare — si può essere certissimi — non vedevano affatto i poveri tetti di quel paesello tra i monti, ma così vivamente vi sfavillavano sopra, che si poteva quasi giurare non vedessero altro, quella notte.

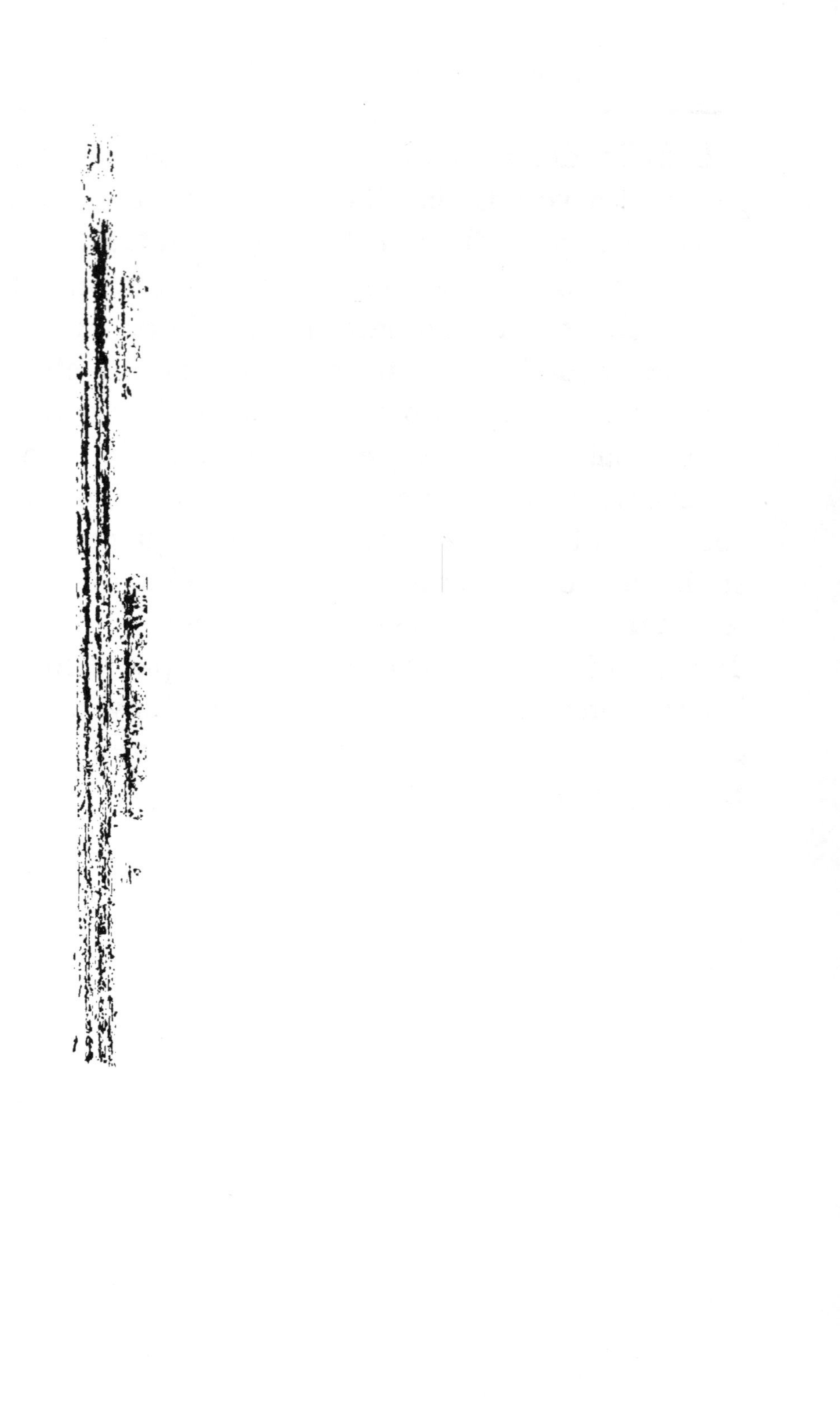

DONNA MIMMA.

I.

Donna Mimma parte.

Quando donna Mimma col suo bel fazzoletto di seta celeste annodato largo sotto il mento passa per le vie del paesello assolate, si può credere benissimo che la sua personcina linda, ancora diritta e vivace, sebbene modestamente raccolta nel lungo scialle nero frangiato, a pizzo, non projetti alcun'ombra su l'acciottolato di queste viuzze qua, nè sul lastricato della piazza grande di là.

Si può credere benissimo, perchè agli occhi di tutti i bimbi e anche dei grandi che, vedendola passare, si sentono pur essi ridiventar bimbi a un tratto, donna Mimma reca un'aria con sè, per cui subito sopra e attorno a lei tutto diventa come finto: di carta il cielo; il sole, una spera di porporina, come la stella del presepio. Tutto il paesello, con quel bel sole d'oro e quel bel cielo azzurro nuovo su le casette vecchie, basse, con quelle sue chiesine dai campaniletti tozzi e le viuzze e la piazza grande con la fontana in mezzo e in fondo la chiesa madre, appena ella vi passa, diventa subito tutt'intorno come un grosso giocattolo di Befana, di quelli che a pezzo a pezzo si cavano dalla scatolona ovale, che odora di colla deliziosamente, che ogni dadolino — e ce ne son tanti — è una casa con le sue finestre e la sua veranda, da mettere in fila o in giro per far la strada o la piazza, e questo dado qui più grosso è la chiesa con la croce e le campane, e quest'altro, ecco, la fontana, da metterci attorno questi alberetti qua, che han la corona di truccioli verdi verdi e un dischetto sotto, per reggersi in piedi.

Miracolo di donna Mimma? No. È il mondo in cui donna Mimma vive agli occhi dei piccoli e anche dei grandi che ridiventano subito piccoli appena la vedono passare. Piccoli, per forza, perchè nessuno può sentirsi grande davanti a donna Mimma. Nessuno.

Questo mondo ella rappresenta ai bimbi quando si mette a parlare con essi e dice loro come a uno a uno ella sia andata a *comperarli* lontano lontano.

— Dove?

Eh, dove! Lontano, lontano....

— A Palermo?

A Palermo, sì, con una bella lettiga bianca, d'avorio, portata da due belli cavalli bianchi, senza sonagli, per vie e vie lunghe, di notte....

— Senza sonagli perchè?

— Per non far rumore....

— E al bujo?

Sì; ma c'è pure la luna, di notte, le stelle.... Ma anche al bujo, sicuro! Viene la notte, quando si cammina e cammina a giornate, per tanta via.... E poi sempre di notte s'arriva, al ritorno, con quella lettiga là: zitti zitti, che nessuno veda, che nessuno senta....

— E perchè?

Ma perchè, se no, guaj! Il bambinello comperato da poco non può vedere nessuno, non può sentire nessun rumore, chè si spaventerebbe, e neppure può vedere in principio la luce del sole. Guaj!

— Come comperato?

— Ma coi denari di papà.... Eh sì, tanti....

— Flavietta?

— Ma sì, Flavietta più di duecent'onze.... più più.... con questi riccioletti d'oro, con questa boccuccia di fragola.... Perchè papà la volle bionda così, ricciutella così e con questi occhi grandi d'amore che mi guardano, gioja mia, non mi credi? poche duecent'onze, per quest'occhi soli! vuoi che non lo sappia, se t'ho comperata io? E pure Ninì, sì certo.... Tutti vi ho comperati io. Ninì un pochino di più, perchè è maschietto, e i maschietti, amore mio, costano sempre un pochino di più: lavorano, poi, i maschietti e, lavorando, guadagnano assai, come papà. Ma sapete che pure papà l'ho comperato io? Io, io.... Quand'era piccolo piccolo, certo! quand'ancora non era niente! Sicuro: gliel'ho portato io, di notte, con la lettiga bianca alla sua mamma, sant'anima.... Da Palermo, sì.... Quanto, lui? Uh, migliaja d'onze, migliaja....

I bimbi la guardano allocchiti. Le guardano quel fazzoletto bello, di seta celeste, sempre nuovo, su i capelli ancora neri, lucidi, spartiti in due bande che, su le tempie, formano due treccioline che passano su gli orecchi, dai cui lobi, stirati dal peso, pendono due massicci orecchini a lagrimoni. Le guardano gli occhi un po' ovati, dalle pàlpebre esili, guarnite di lunghissime ciglia; la pallottolina del naso un po' venata, tra i fori larghi violacei delle nari; il mento un po' aguzzo, su cui s'arricciano metallici alcuni peluzzi.... Ma la vedono come avvolta in un'aria di mistero, questa vecchietta pulita, che tutte le donne chiamano, e anche la loro mamma, *la Comare,* che quando viene a visita càpita sempre che la mamma non sta bene, e pochi giorni dopo, ecco, spunta un altro fratellino o un'altra sorellina, che è stata lei ad andarli a comperare, lontano lontano, a Palermo: lei, questa qua, con la lettiga.... E che è la lettiga?... La guardano, le toccano pian piano, coi ditini curiosi, un po' esitanti, lo scialle, la veste.... ed è, sì, una vecchietta pulita, che non pare diversa dalle altre; ma come può andare poi così lontano lontano, con quella lettiga, e come l'ha lei, quest'ufficio nel mondo, di comperare i bambini e di portarli, i bambini, come la Befana i giocattoli?

Ma essi, dunque.... — che cosa? No, non sanno che pensare; ma sentono in sè, vago, un po' del mistero che è in quella vecchietta, la quale è qua con loro adesso, qua che la toccano, ma che se ne va poi così lontano a prenderli, i bambini, e dunque anche loro.... già.... a Palermo, dove? dove lei sa ed essi, piccoli, non sanno; benchè certo, là, piccoli piccoli, ci sono stati anche loro, se ella è andata a comperarli là....

Istintivamente con gli occhi le cercano le mani. Dove sono le mani? Lì, sotto lo scialle.... Perchè non le mostra mai donna Mimma, le mani? Già! con le mani non li tocca mai: li bacia, parla con loro, gestisce tanto con gli occhi, con la bocca, con le guance; ma dallo scialle le mani non le cava mai per far loro una carezza.... È strano. Qualcuno, più ardito, glielo domanda:

— Perchè? Non le hai, le mani?

— Gesù! — esclama allora donna Mimma, volgendo uno sguardo d'intelligenza alla mamma, come per dire: — "È che è? diavolo, questo bambino?".

— Eccole qua! — soggiunge poi subito, mostrando le due manine coi mezzi guanti di filo. — Come non le ho, diavoletto? Gesù, che domande....

E ride, ride, ricacciandosi le mani sotto e tirandosi con esse lo scialle su su, fin sopra il naso, per nascondere quelle risatine che, Dio liberi.... Oh Signore! le viene di farsi la croce.... Ma guarda che cose possono venire in mente a un bambino!

Pajono fatte, quelle mani, per calcare nello stampo la cera di cui sono formati i Bambini Gesù che in ogni chiesa si portano su l'altare in un canestrino imbottito di raso la notte di Natale. Sente donna Mimma la santità del suo ufficio, la religione della nascita, e agli occhi dei bimbi la copre con tutti i veli del pudore;

e anche parlandone coi grandi non adopera mai una parola, che muova o diradi quei veli; e ne parla con gli occhi bassi e il meno che può. Sa che non sempre è lieto, che spesso anzi è così triste il suo ufficio d'accogliere nella vita tanti esserini che piangono appena vi traggono il primo respiro. Può essere una festa il bimbo ch'ella porta in una casa di signori; anche per il bimbo, sì; benchè non sempre neanche lì! Ma portarli — e tanti, tanti — nelle case dei poveri.... Gliene piange il cuore. Ma è lei sola a esercitare, da circa trentacinque anni, quest'ufficio nel paesello. O per dir meglio, era lei sola, fino a jeri.

Ora è venuta dal Continente una smorfiosetta di vent'anni, *piemontesa;* gonna corta, gialla, giacchetto verde; come un maschiotto, le mani in tasca: sorella ancora nubile d'un impiegato di dogana. *Diplomata dalla R. Università di Torino.* Roba da farsi la croce a due mani, Signore Iddio, una ragazza ancora senza mondo, mettersi a una simile professione! E bisogna vedere con quale sfacciataggine: per miracolo non se la porta scritta in fronte! Una ragazza.... una ragazza, che di queste cose.... Dio, che vergogna! E dove siamo?

Donna Mimma non se ne sa dar pace. Volta la faccia, si ripara gli occhi con la mano appena la vede passare sculettando per la piazza, a testa alta, la gonna corta, le mani in tasca, la piuma bianca ritta al vento sul cappellino di velluto. E che strepito fanno quei tacchetti insolenti sul lastricato della piazza: — Passo io! passo io!

Ma quella non è donna: una diavola è! Non può essere creatura di Dio, quella! Come? che tabella? Ah sì? ha fatto appendere la tabella col nome e la professione sul portoncino di casa? E si chiama? Elvira.... come? Signorina Elvira Mosti? Ci sta scritto signorina? E che vuol dire diplomata? Ah, la patente. La vergogna patentata. Dio, Dio, si può credere una cosa simile? E chi la chiamerà quella sfacciata? Ma che esperienza poi, che esperienza può aver lei, se ancora.... in nome del Padre, del Figliuolo e dello Spirito Santo.... S'hanno da vedere di queste cose ai giorni nostri? in un paesello come il nostro? Vih.... vih... vih....

E donna Mimma scuote in aria le manine coi mezzi guanti di filo come se si vedesse linguеggiar davanti le fiamme dell'inferno.

— Nossignora, grazie, che caffè, signora mia! acqua, un sorso d'acqua, mi faccia portare; sono tutta sconcertata! — dice nelle case delle clienti, da cui di tanto in tanto si reca a visita, o a fare, com'ella dice, " un'affacciata ", per sapere.... no? niente? Lasciamo fare a Dio, signora mia, ringraziato sia sempre in cielo e in terra!

Se n'è fatta quasi una fissazione; non perchè tema per sè, che le signore le abbiano a fare un torto per quella lì; figurarsi se può temere una tal cosa conoscendo che signore sono, col timore di Dio, con l'educazione del paese e il rispetto delle cose sante! Neanche per sogno....

— Ma dico, dico, oh Vergine Maria, per la cosa in sè.... questo scandalo.... una ragazzaccia.... mi pare il mondo tutto sottosopra.... Per i bambini, dico, per le creaturine innocenti; ma ci pensa, signora mia? Dicono che parla come un carabiniere.... che tutte le parolacce le dice belle, così.... chiare, come se fosse una cosa naturale.... una ragazza! Io non so.... io non so, c'impazzisco, signora mia!

È tanto compresa della mostruosità di quello scandalo, che non s'accorge dell'impaccio afflitto con cui la guardano le signore. Pare che abbiano da dirle qualche cosa e non ne trovino il coraggio. Tutte le dànno ragione, sì: oh, uno scandalo davvero.... e loro, se Dio le ajuta, mai per casa una ragazzaccia così; ma.... ma.... che rimedio, cara donna Mimma? non c'è niente da fare; non solo, ma.... ma.... — E non trovano il coraggio di dirle altro.

Oggi, il medico condotto s'è voltato di là, vedendola passare. Non l'ha vista? Ma sì, che l'ha vista! L'ha vista e s'è voltato.... Perchè? Viene a sapere, poco dopo, che quella svergognata lì è andata a trovarlo in casa, col fratello. Certo per raccomandarsi. Chi sa che moine gli avrà fatte, come le sanno fare codeste forestieracce sbandite che nelle grandi città del Continente hanno perduto il santo rossore della faccia; ed ecco che questo rimbambito di medico.... Il diploma? E che c'entra il diploma? Ah sì, difatti, per il diploma.... Ma via, che non si sanno queste cose? Due smorfiette, due carezzine, e come la paglia pigliano fuoco, gli ominacci.... anche i vecchi adesso, senza timor di Dio! Che fa il diploma? che c'entra? Esperienza ci vuole, esperienza....

— Eh, ma anche il diploma, donna Mimma, — le risponde sospirando il farmacista, col quale, passando, s'è lagnata del voltafaccia del medico.

— E io che ho diploma forse? — esclama allora donna Mimma, sorridendo e giungendo per le punte delle dita le due manine coi mezzi guanti di filo. — E trentacinque anni sono, trentacinque, che tutti quanti siete qua, e pure voi, don Sarino, vi ho portati io, con la grazia di Dio, figliuoli miei; che n'ho fatti di viaggi a Palermo!... Ecco, ecco, guardate qua....

E donna Mimma si china a prendere tra quelle due manine, che quasi non pajono, ma che pure han tanta forza, un bel bimbone della strada, che s'è fermato innanzi alla farmacia, e lo leva alto, nel sole.

— Anche questo! E quanti ne vedete, tutti io! Sono andata a comperarvi tutti io, a Palermo, senza diploma! Che serve il diploma?

Il giovane farmacista sorride.

— Va bene, donna Mimma, sì.... voi.... l'esperienza, certo.... ma....

E la guarda afflitto e impacciato e neanche lui ha il coraggio di farle intravvedere la minaccia che le pende sul capo.

Finchè dalla Prefettura del capoluogo le arriva una carta con tanto di stemma e tanto di bollo, mezza stampata e mezza scritta a mano, nella quale ella non sa legger bene, ma indovina che si parla del diploma che non ha, e che ai sensi degli articoli tali e tali.... È ancora dietro a decifrarla, quella carta, che una guardia la viene a invitare a nome del sindaco....

— La moglie? Così presto? — domanda donna Mimma, contrariata.

— No, al municipio, — risponde la guardia — per una comunicazione.

Donna Mimma s'acciglia.

— A me? per questa carta?

La guardia si stringe nelle spalle:

— Io non so; venite e saprete.

Donna Mimma va; e, al municipio, trova il sindaco là, dispiaciutissimo. Anche lui è stato comperato a Palermo da donna Mimma; e anche due figliuoli donna Mimma è andata a comperare per lui a Palermo e presto per un terzo dovrebbe mettersi in viaggio con la lettiga; ma....

— Ecco qua, donna Mimma! Vedete? Un'altra carta anche a noi, dalla Prefettura. Per voi, sì. E non c'è che fare, non c'è che fare.... Voi avete interdetto l'esercizio della professione!

— Io?

— Voi, perchè non avete il diploma, cara donna Mimma! E ora, la legge....

— Ma che legge? — esclama donna Mimma, che non ha più una goccia di sangue nelle vene. — Legge nuova?

— Non nuova, no! Ma noi qua, c'eravate voi sola, da tant'anni.... vi conoscevamo, vi volevamo bene, avevamo tutta la fiducia in voi, e abbiamo perciò lasciato correre; ma siamo in contravvenzione anche noi, donna Mimma! Queste maledette formalità, capite? Finchè c'eravate voi sola.... Ma ora è venuta quella là; ha saputo che voi non avete il diploma; e visto che qua non la chiama nessuno, capite? ha fatto reclamo alla Prefettura, e voi non potete più esercitare, o dovete andare a Palermo, davvero questa volta! All'Università, sì, per prendere il diploma, anche voi, come quella....

— Io? a Palermo? alla mia età? a cinquantasei anni? dopo trentacinque anni di professione? mi fanno questo affronto? io, il diploma? Un'intera popolazione.... Ma come? c'è bisogno di diploma? di saper leggere e scrivere, per queste cose qua? Io so leggere appena! E a Palermo, io che non mi sono mai mossa di qua? Io mi ci perdo! Alla mia età? Per quella smorfiosa lì, che la voglio vedere, con tutto il suo diploma.... Vuole competere con me? E che hanno da insegnare a me, che li fascio e li sfascio tutti quanti, i meglio professori, dopo trentacinque anni di professione? Debbo andare a Palermo davvero? Come? per due anni?

Non la finisce più donna Mimma: un torrente di lagrime irose, disperate, tra un precipizio di domande saltanti, balzanti. Il sindaco, dolente, vorrebbe arrestar quell'impeto; un po' lo lascia sfogare; di nuovo si prova ad arrestarlo; — due anni passano presto; sì, è duro, certo; ma che insegnare! nol pro forma, per avere quel pezzo di carta! per non darla vinta a questa ragazzaccia.... — Poi, accompagnandola fino alla soglia dell'uscio, battendole una mano dietro le spalle, come un buon figliuolo, per esortarla a far buon animo, cerca di farla sorridere: via.... via.... come si smarrirebbe a Palermo, lei, che non passa giorno, ci va tre e quattro volte?

S'è tirato lo scialle nero sul fazzoletto celeste, donna Mimma; e le sue manine stringono, di sotto, quello scialle nero sul volto, per nascondere le lagrime. Bimbi, quel fazzoletto di seta celeste! — La santa poesia della vostra nascita, ecco, ha preso il lutto: se ne va a Palermo, senza lettiga bianca, a studiar meèutica, e la sepsi e l'antisepsi, l'estremo cefalico, l'estremo pelvi-podalico.... Così vuole la legge. Donna Mimma piange; non se ne può consolare: sa leggere appena; si smarrirà tra l'irta scienza di quei dotti professoroni, là, a Palermo, dove ella tante volte è andata con la poesia della sua lettiga bianca....

— Signora mia, signora mia....

Un pianto, un pianto che spezza il cuore, presso ciascuna delle sue clienti, da cui va a licenziarsi, prima di partire. E in ogni casa, si china con le piccole mani tremanti, oh sì, ora le cava fuori senza più ritegno, a carezzar la testina bionda o bruna dei bimbi, e lascia tra quei riccioli, insieme coi baci, cader le lagrime, inconsolabilmente.

— Vado a Palermo.... vado a Palermo.

E i bimbi, sbigottiti, la guardano e non comprendono perchè pianga tanto, questa volta, per andare a Palermo. Pensano che forse è una sciagura anche per loro, per tutti i bimbi che sono ancora là, da comperare.

Dicono le mamme:

— Ma noi v'aspetteremo....

Donna Mimma le guarda con gli occhi lagrimosi, tentenna il capo. Come può farsi quest'inganno pietoso, lei che sa bene com'è la vita?

— Signora mia, due anni?

E se ne parte col cuore spezzato, tirandosi lo scialle nero sul fazzoletto celeste.

II.

Donna Mimma studia.

Palermo. Vi arriva di sera donna Mimma: piccola, nell'immensa piazza della Stazione....

— Oh Gesù! lune? che sono? venti.... trenta, attorno.... che piazza! che grandezza! Ma per dove?

— Di qua.... di qua....

Tra tutti quei palazzi, incubi d'ombre gigantesche straforate da lumi, accecata da tanto rimescolìo sotto, di sbarbagli, e sopra da tanti strisci luminosi, file, collane di lampade per le vie lunghe diritte senza fine, tra il tramestìo di gente che le balza di qua, di là, improvvisa, nemica, e il fracasso che da ogni parte la investe, assordante, di vetture che scappano precipitose, non avverte, in quello stupore rotto da continui sgomenti, se non la violenza da cui dentro è tenuta e a cui via via si strappa per cacciarsi a forza in quello scompiglio d'inferno, dopo l'intronamento e la vertigine del viaggio in ferrovia, il primo in vita sua. (Gesù, la ferrovia! montagne, pianure che si movevano, giravano e scappavano, via con gli alberi, via con le case sparse e i paesi lontani, e di tratto in tratto l'urto violento d'un palo telegrafico, fischi, scossoni, lo spavento dei ponti e delle gallerie, una dopo l'altra, abbagli e accecamenti, vento e soffocazione in quella tempesta di strepiti, nel bujo.... Gesù! Gesù!)

— Come dici? che dici?

Non sente nulla, non sa più buttare i piedi, si tiene stretta accosto al nipote che l'accompagna — giovanotto, stendardo della casa — ah! padrone del mondo, lui, che può ridere e andar sicuro, pratico, chè c'è stato, lui, due anni militare qua a Palermo.

— Come dici?

Sì, certo, la carrozza.... Che carrozza? Ah già, sì, la carrozza.... certo! come entrare in città, come camminare per via con quel grosso fagotto di panni sotto il braccio fino alla locanda?

Guarda il fagotto: c'è lei lì dentro; e tutta vorrebbe esserci, in quella roba sua lì affagottata sotto il braccio del nipote, lei fatta di pezza e solo odore di panni, per non vedere e non sentire più nulla.

— Dàllo a me! Dàllo a me!

Vorrebbe tenercisi stretta a quei panni, per sentircisi meglio dentro; ma l'anima è fuori, qua allo sbaraglio di tante impressioni che la assaltano da tutte le parti. Risponde di sì, di sì, ma non capisce bene i cenni che il nipote le fa. O Gesù mio, ma perchè domandare a lei? Come una creaturina nelle mani di lui, farà tutto quello che lui vorrà: sì, la carrozza; sì, la locanda, quella che lui vorrà! Per ora è come in un mare in tempesta, e prendere una carrozza è per lei come agguantare una barca; giungere alla locanda, come toccare la riva. Pensa con terrore, quando, di qui a tre giorni, il nipote ritornerà al paese dopo averle trovato alloggio e pensione, come resterà lei qua in mezzo a questa babilonia, sola, sperduta....

❦

Passando in carrozza diretti alla locanda, il nipote le propone d'andare a veder la fiera in Piazza Marina.

— La fiera? Che fiera?

— La fiera dei Morti.

Si fa la croce donna Mimma. Domani, i

Morti, già.... Arriva la sera del primo novembre, a Palermo, vigilia dei Morti, lei che a Palermo c'è sempre venuta per comperare la vita! I Morti, già.... Ma i Morti sono la Befana per i bambini dell'isola: i giocattoli, a loro, non li porta la Vecchia Befana il sei di gennajo; li portano i Morti il due di novembre, che i grandi piangono e i piccoli fanno festa.

— Gente assai?

Tanta, tanta, senza fine, che le carrozze non possono passare: tutti i babbi, tutte le mamme, nonne, zie, vanno alla fiera dei Morti in Piazza Marina a comperare i giocattoli per i loro piccini. Le bambole? sì, le sorelline piccole. I pupi di zucchero? sì, i piccoli fratellini; quelli, quelli che lei donna Mimma, alla fiera della Vita, nell'illusione dei bimbi del suo paese lontano, tant'anni è venuta a comperare qua a Palermo e a recar loro laggiù, con la lettiga d'avorio: giocattoli, ma veri, con occhi veri, vivi, manine vere, gracili, fredde, paonazze, serrate, e la boccuccia sbavata che piange....

Sì; ma ora gli occhi di donna Mimma, davanti allo spettacolo tumultuoso di quella fiera sono anche più meravigliati di quelli d'una bimba; e non può pensare donna Mimma che il sogno de' suoi viaggi misteriosi, quale essa lo rappresentava ai bimbi del suo paese, ora qua, davanti alla fiera, ecco, diventa quasi una realtà. Non può pensarlo, non solo perchè tra le grida squarciate dei venditori innanzi alle baracche illuminate da lampioncini multicolori, tra i sibili dei fischietti, gli scampanellii, i mille rumori della fiera e il pigia pigia della folla che seguita di continuo ad affluire nella piazza, lo stordimento le cresce e insieme la paura della grande città, ma anche perchè è lei qui ora la bimba a cui l'incanto è fatto. E poi quell'aria da cui si sentiva avvolta nel suo paesello, aria di favola che la seguiva per le vie e nelle case in cui entrava, che induceva tutti, grandi e piccoli, a rispettarla, perchè dal mistero della nascita era lei quella che recava in ogni casa i bimbi nuovi, la vita nuova al vecchio decrepito paesello; qui ora quell'aria non l'ha più attorno. Spogliata crudelmente della sua parte — eccola — che cosa è adesso qui, in mezzo alla calca della fiera? una povera vecchietta è, meschina, stordita. L'han cacciata via dal sogno a infrangersi, a sparire qui in mezzo a questa realtà violenta; e non comprende più nulla, non sa più nè muoversi, nè parlare, ne guardare.

— Andiamo via.... andiamo via....

Dove? Fuori di qui, sì, fuori di questa calca,

sì, facile andar via, con un po' di pazienza, piano, piano.... Ma poi? Dentro, da ritrovarsi come prima in sè, sicura, tranquilla, questo sarà difficile: ora alla locanda, domani alla scuola....

❦

Alla scuola, quarantadue diavole, tutte con l'aria sfrontata di giovanotti in gonnella, su per giù come quella ragazzaccia piombata dal Continente nel suo paesello, le si fanno addosso, il primo giorno ch'ella comparisce tra loro col fazzoletto di seta celeste in capo e il lungo scialle nero, frangiato e a pizzo, stretto modestamente attorno alla persona. Uh, ecco la nonna! ecco la vecchia mammana delle favole, piovuta dalla luna, che non osa mostrar le manine e tiene gli occhi bassi per pudore e parla ancora di *comperare* i bambini! La guardano, la toccano, come se non fosse vera, lì, innanzi a loro.

— Donna Mimma? Donna Mimma come? Jèvola? Donna Mimma Jèvola? Quant'anni? Cinquantasei? Eh, picciottella per cominciare! Già mammana da trentacinque anni? E come? Fuori della legge? Come gliel'hanno potuto permettere? Ah, sì, la pratica? Che pratica e pratica! Ci vuol altro! Che? Adesso vedrà!

E come entra nell'aula il professor Torresi, incaricato dell'insegnamento delle nozioni generali d'Ostetricia teorica, gliela presentano tirandola avanti tra risa e schiamazzi:

— La nonna mammana, professore, la nonna mammana!

Il professor Torresi, calvo, un po' panciuto, ma un bell'omone dall'aria di corazziere or ora smontato da cavallo, coi baffetti grigi ricciuti e un grosso neo peloso su una guancia (che amore! se lo tira sempre, facendo lezione, quel neo, per non guastarsi i baffi volti studiosamente all'in su), il professor Torresi si è sempre vantato di saper tenere la disciplina e tratta effettivamente quelle quarantadue diavole come puledre da domar col frustino e a colpi di sprone; ma tuttavia, di quando in quando, non può far a meno di sorridere a qualche loro scappata, o piuttosto, di concedere qualche risatina in premio all'adorazione di cui si sente circondato. Vorrebbe fare il viso dell'armi a quella presentazione rumorosa; ma poi, vedendosi davanti quella vecchia recluta buffa, vuol pigliarsela anche lui a godere un po'.

Le domanda come farà, venuta così tardi, a raccapezzarsi nelle sue lezioni. Egli ha già — *(su, attente, attente! al posto!)* — egli ha già parlato a lungo — *(silenzio, perdio! al po-*

sto!) — ha già parlato a lungo del fenomeno della gestazione, dall'inizio al parto; ha già parlato a lungo della legge della correlazione organica; ora parla dei diametri fetali; nella lezione scorsa ha trattato di quella fronte-occipitale e del biscromiale; tratterà oggi del diametro bisiliaco. Che ne capirà lei? Va bene, la pratica. Ma che cos'è la pratica? Ecco, attente! attente! (e il professor Torresi si tira il neo peloso su la guancia, che amore!): conoscenza implicita, la pratica. E può bastare? No, che non può bastare. La conoscenza, perchè basti, bisogna che da implicita divenga esplicita, cioè, venga fuori, venga fuori, così che si possa a parte a parte veder chiara e in ogni parte distinguere, definire, quasi toccar con mano, ma con mano veggente, ecco! O altrimenti, ogni conoscenza non sarà mai sapere. Questione di nomi? di terminologia? No. Il nome è la cosa. Il nome è il concetto in noi d'ogni cosa posta fuori di noi. Senza il nome non si ha il concetto, e la cosa resta in noi come cieca, non definita, non distinta.

Dopo questa spiegazione, che lascia allocchita tutta la scolaresca, il professor Torresi si rivolge a donna Mimma e comincia a interrogarla.

Donna Mimma lo guarda sbigottita. Crede

che parli turco. Costretta a rispondere, provoca in quelle quarantadue diavole così fragorose risate, che il professor Torresi vede in pericolo il suo prestigio di domatore. Grida, pesta sulla cattedra per richiamarle al silenzio, alla disciplina.

Donna Mimma piange.

Quando nell'aula si rifà il silenzio, il professore, indignato, fa una strapazzata, come se non avesse riso anche lui; poi si volta a donna Mimma e le grida che è una vergogna presentarsi a scuola in tale stato d'ignoranza, e una vergogna, ora, far lì la ragazzina alla sua età, con quel pianto.... Su, su, inutile piangere!

Donna Mimma ne conviene, dice di sì col capo, si asciuga gli occhi; se ne vorrebbe andare. Il professore la obbliga a rimanere.

— Sedete lì! E state a sentire!

Ma che sentire.... Non capisce nulla; credeva di saper tutto, dopo trentacinqne anni di professione, e invece, ecco, non sa nulla, proprio nulla.... non capisce nulla!

— A poco a poco, non disperate! — la conforta il professore alla fine della lezione.

— Non disperate, a poco a poco.... — le ripetono le compagne impietosite, ora, dal pianto.

❦

Ma a mano a mano che quella famosa conoscenza implicita, di cui il professor Torresi ha parlato, le diviene esplicita, donna Mimma — veder più chiaro? altro che veder più chiaro! — non riesce più a veder nulla.

Scomposta, sminuzzata l'idea della cosa, come prima la aveva in sè, intera, compatta, generale; si trova ora perduta in tanti minimi particolari, ciascuno dei quali ha un nome curioso, difficile, che ella non sa nemmeno proferire. Come ritenerli a memoria tutti quei nomi? Ci si industria con pazienza infinita, la sera, nella sua misera cameretta d'affitto, sillabando sul manuale, curva innanzi al tavolinetto su cui arde un lumino a petrolio.

— Bi-bis-cro-bis-crom-i-a-biscromia-biscromiale....

E riconosce, sì, a poco a poco, a scuola, riconosce con viva sorpresa a uno a uno, dopo molti stenti, tutti quei particolari, e scatta in comiche esclamazioni:

— Ma questo.... Gesù, si chiama così?

Ma la ragione di distinguerlo, di definirlo così, con quel nome, non la vede. Il professore gliela fa vedere; la costringe a vederla; ma allora quel particolare le si stacca ancora più dall'insieme; le s'impone come una cosa che stia a sè; e siccome son tanti e tanti quei particolari, donna Mimma ci si confonde, ci si perde, non si raccapezza più.

È una pietà vederla alle lezioni d'Ostetricia pratica, nella casa di maternità, quando il professore la chiama a una lezione di prova. Tutte le compagne la aspettano lì a quella prova, perchè lì ella è adesso nel campo della sua lunga esperienza. Ma sì! Il professore non vuole che ella faccia lì quello che sa fare, ma che dica quello che non sa dire; e se si tratta di fare e non di dire, non la lascia mica fare a suo modo, come tant'anni ha fatto, che sempre le è andata bene; ma secondo i precetti e le regole dell'igiene e della scienza, come punto per punto egli li ha insegnati; e allora donna Mimma, se si butta a fare, è sgridata perchè non osserva appuntino quei precetti e quelle regole; e se invece si trattiene e si sforza di badare a ogni precetto e a ogni regola, ecco, è sgridata perchè si smarrisce e si confonde e non riesce più a far nulla a dovere, con linda sveltezza, con precisione sicura.

Ma non soltanto tutti quei particolari e tutti quei precetti e tutte quelle regole la impacciano così. Un'altra, e più grave, nell'animo di lei, è la cagione di tutto quell'impaccio. Ella soffre come d'una violenza orrenda, che le sia fatta là dove più gelosamente è custodito per lei il senso della vita; soffre, soffre da non poterne più, allo spettacolo crudo, aperto di quella funzione che ella per tanti anni ha ritenuto sacra — perchè in ogni madre la vergogna e i dolori riscattano innanzi a Dio il peccato originale — soffre e vorrebbe anche lì coprirlo quanto più può, coi veli del pudore, quello spettacolo; e invece no, ecco, via tutti quei veli: il professore glieli butta all'aria e li strappa via brutalmente, quei veli che chiama d'ipocrisia e d'ignoranza; e la maltratta e la beffeggia con sconce parolacce, apposta; e quelle quarantadue diavole attorno, ecco, ridono sguajatamente alle beffe, alle parolacce del professore, senza nessun ritegno, senza nessun rispetto per la povera paziente, per quella povera madre meschina, esposta lì intanto, oggetto di studio e d'esperimento.

Avvilita, piena d'onta e d'angoscia, si riduce nella sua cameretta, alla fine delle lezioni, e piange e pensa se non le convenga di lasciare la scuola e di ritornarsene al suo paesello. Nel lungo esercizio della professione ha messo da parte un buon gruzzoletto, che le potrà bastare per la vecchiaja; se ne starà tranquilla, in riposo, a guardare soddisfatta attorno a sè tutti i bimbi del paese e i più grandicelli, ragazzette e ragazzetti, e i più grandicelli ancora, giovanette e giovanotti, e i loro papà e le loro mamme, tutti, tutti quelli che lei in tanti anni pur seppe portare alla luce, senza precetti e senza regole, da vecchia mammana delle favole, con la lettiga d'avorio. Ma allora, dovrà darla vinta a quella ragazzaccia là, che a quest'ora avrà preso certo il suo posto nel paesello, presso ogni famiglia, di prepotenza; restare a guardarla, lì, con le mani in mano? — Ah, no, no! — Qua: vincere l'avvilimento, soffocare l'onta e l'angoscia, per ritornare al paese col suo bravo diploma e gridarlo in faccia lì a quella sfrontata che le sa anche lei adesso le cose che dicono i professori, che un conto sono i misteri di Dio, e un altro conto, l'opera della natura....

Se non che, le sue manine esperte.... Ecco: donna Mimma se le rimira pietosamente, attraverso le lagrime. Saprebbero più muoversi ora, queste manine, come prima? Sono come legate da tutte quelle nuove nozioni scientifiche.... Tremano, le sue manine, e non *vedono* più. Il professore le ha dato gli occhiali della scienza, ma le ha fatto perdere, irrimediabilmente, la vista naturale. E che se ne farà domani donna Mimma degli occhiali, se non ci vede più?

III.

Donna Mimma ritorna.

— Flavietta? Ma sì, madamina, anche lei.... Che s'immagini! A Palermo, come no? con la lettiga d'avorio e i denari di babbo. Quanti? Eh, più di mille lire....

— No, onze!

— Già, dicevo lire! onze, madamina: più di mille.... Cara, che mi corregge! Tò, un bacio le voglio fare, cara! e un altro..... cara!

Chi parla così? Ma guarda! la *Piemontesa*.... quella che due anni fa pareva un maschiotto in gonnella: giacchetta verde, mani in tasca.... Ha buttato via giacchetta e cappello, si pettina alla paesana e porta in capo, oh, il fazzoletto di seta celeste, annodato largo sotto il mento, e un bellissimo scialle lungo, porta, d'indiana, a pizzo e frangiato. La *Piemontesa!* E parla di *compe-*

rare i bambini ora, anche lei, a Palermo, sicuro, con la lettiga d'avorio e i denari di come? babbo? già, dice babbo lei, perchè parla in lingua lei, *che s'immagini!* e non li dà mica i baci, li *fa,* e fa furore con codesta sua parlata italiana, vestita così da paesanella: una simpatia!

— Più stretto alla vita lo scialle....

— Sì, così, ecco, così....

— E il fazzoletto.... no, più tirato avanti, il fazzoletto.

— E su da capo, così!

— Largo.... un po' più largo, sotto; più aperto.... così, brava!

Ora a terra, modesti, gli occhi per via; e poco male se una guardatina di tanto in tanto scappa di traverso maliziosa, o un sorrisetto scopre su le due guance codeste care fossette. Che zucchero!

Le signore mamme si sentono chiamar madame (— *Riverisco, madama! — A servirla, madama!* —) e sono tutte — poverine, con tanto di pancia — contente. Contente che ormai, a trattare con lei, è proprio come se sapessero parlare in lingua anche loro e le avessero familiari tutte le finezze e le "civiltà" del Continente. Ma sì, perchè si sa, via, che in Continente usa così, usa cosà.... E poi, che è niente? la soddisfazione di vedersi spiegare tutto, punto per punto, come da un medico, coi termini precisi della scienza che non possono offendere, perchè la natura, Dio mio, sarà brutta, ma è così; Dio l'ha fatta così; e sono cose che si debbono sapere, per regolarsi, guardarsi a un bisogno, e poi anche, alle strette, ma almeno conoscere di che e perchè si soffre. Volere di Dio, sì certo; lo dice la Sacra Scrittura: — *tu donna partorirai con gran dolore* — ma che forse si manca di rispetto a Dio studiando la sapienza delle sue disposizioni? L'ignoranza di donna Mimma, poveretta, si contentava del volere di Dio e basta. Questa qua, ora, rispetta Dio lo stesso e poi per giunta spiega tutto, come Dio la ha voluta e disposta, la croce della maternità.

Dal canto loro i bambini, a sentirsi raccontare con ben altra voce e ben altre maniere la favola meravigliosa dei notturni viaggi a Palermo con la lettiga d'avorio e i cavalli bianchi sotto la luna, restano a bocca aperta, gli occhi sgranati, perchè — raccontata così — è proprio come se fosse loro letta o che la leggessero loro da sè in un bel libro di fiabe, di cui la fata eccola qua, balzata viva innanzi a loro, che la possono toccare: questa fata bella che in lettiga sotto la luna ci va davvero, se davvero porta loro da Palermo le sorelline nuove, i nuovi fratellini. La mirano; quasi la adorano; dicono:

— No: brutta donna Mimma! non la vogliamo più!

Ma il guajo è che non la vogliono più, ora, neppur loro, le donne del popolo, perchè donna Mimma con esse, roba di massa, si sbrigava senza tante cerimonie, le trattava come se non avessero diritto di lagnarsi anche loro delle doglie, e anche spesso, se s'audava per le lunghe, era capace di lasciarle per correre premurosa a dir pazienza a qualche signora, anch'essa soprapparto; mentre questa qua — oh amore di figlia! tutta bella, bella di faccia e di cuore! — gentile, paziente anche con loro, senza differenza; che se una signora manda subito subito a chiamarla, con garbo ma senza esitare risponde che così subito no, perchè ha per le mani una poveretta e non la può lasciare; proprio così! tante volte! E dire poi, una ragazza che non li ha mai provati finora questi dolori che cosa sono, saperli così bene compatire e cercare d'alleviarli in tutte, signore e poverette, allo stesso modo! E via il cappello e via tutte le frasche e le arie di signora con cui era venuta, per acconciarsi come loro, da poveretta, con lo scialle e il fazzoletto in capo, che le sta un amore!

Invece, donna Mimma.... che? col cappello? ma sì, correte, correte a vederla! è arrivata or ora da Palermo, col cappello, con un cappellone grosso così, Madonna santa, che pare una bertuccia, di quelle che ballano sugli organetti alla fiera! Tutta la gente è scasata a vederla; tutti i ragazzi di strada la hanno accompagnata a casa battendo i cocci, come dietro alla nonna di carnevale.

— Ma come, il cappello, davvero?

Il cappello, sì. O che non ha preso il diploma all'Università come la *Piemontesa,* lei? Dopo due anni di studii.... e che studii! I capelli bianchi ci ha fatto, ecco qua, in due anni, che prima di partire per Palermo li aveva ancora neri.... Studii, che il signor dottore, adesso, se si vuol provare un poco a discutere con lei, glielo farà vedere che non è più il caso di metterla nel sacco con quelle sue parole turchine, perchè le sa anche lei adesso, meglio di lui, le parole turchine, tutte a memoria, bene, una per una. Il cappello.... ma che stupidaggine di teste piccole di paese!... viene di diritto e di conseguenza il cappello dopo due anni di studii all'Università. Tutte lì, quelle che studiavano con lei, tutte quante lì lo portavano, e anche lei, dunque, per forza.... Sì, perchè adesso la professione dell'*ostrè.... no, te.... trètica,* la professione dell'*ostetrica,* ecco, non si fà più come prima. C'è poca differenza con quella del medico. Gli stessi studii, quasi. E i medici non vanno mica col berretto per via! Ma perchè sarebbe allora andata a Palermo? perchè avrebbe studiato due anni all'Università? perchè avrebbe preso il diploma, se non per mettersi in tutto a paro, di studii e di stato, con la *Piemontesa* diplomata dall' Università di Torino?

Trasecola donna Mimma, si fa di tutti i colori appena viene a sapere che la *Piemontesa,* lei, non porta più il cappello, ora, ma lo scialle e il fazzoletto. — Ah sì? se l'è levato? porta lo scialle e il fazzoletto? ah sì?

Le pare d'esser caduta in un altro mondo. — Ma come? e che fa? che dice? Ah, che i bambini si comperano a Palermo? con la lettiga? Ah, traditora! ma dunque, per levare il pane a lei? di bocca, a lei, il pane? assassina! per entrare in grazia della gente ignorante del paese? infame! E la gente.... come! si piglia da lei quest'impostura? da lei che prima andava dicendo ch'eran tutte sciocchezze e falsi pudori? Ma allora, se questa spudorata doveva ridursi a far la mammana in paese così, come per trentacinque anni naturalmente l'aveva fatto lei, perchè costringerla a partire per Palermo, a studiare due anni all' Università, a prendere il diploma? Solo per aver tempo di rubarle il posto, ecco il perchè! levarle il pane di bocca, mettendosi a far come lei, vestendosi come lei, dicendo le stesse cose che prima diceva lei! infame! assassina! impostora e traditora! Ah che cosa.... ah Dio, che cosa.... che cosa....

Ha tutto il sangue alla testa, donna Mimma; piange di rabbia; si storce le mani, ancora col cappellone in capo; pesta un piede; il cappellone le va di traverso; ed ecco, per la prima volta, le scappa di bocca una parolaccia sconcia: no, non se lo leverà più lei, no, per sfida, ora, questo cappello: qua, qua in capo! se quella se l'è levato, lei se l'è messo e lo terrà! Il diploma ce l'ha; a Palermo c'è stata; s'è ammazzata due anni a studiare: ora si metterà a far lei qua in paese, non più la comaretta, la mammanuccia, ma l'Ostetrica diplomata dalla Regia Università di Palermo.

Povera donna Mimma, dice *ostrètica,* lei, così su le furie, facendo le volte per la stanzuccia della sua casa, dove tutti gli oggetti par che la guardino crucciati e sbigottiti perchè s'aspettavano d'esser salutati con gioja e carezzati da lei dopo due anni d'assenza. Donna Mimma non ha occhi per loro; dice che vorrà vederla in faccia, quella lì (e giù un'altra parolaccia sconcia), se avrà il coraggio di parlare innanzi a lei di lettighe d'avorio e di comperare i bambini; e or ora, senza neppur riposarsi un minuto, si vuol mettere in giro, da tutte le signore del paese, — così, così col cappello in capo, sissignori! — per vedere se anche loro avranno il coraggio, ora ch'ella è ritornata col diploma, di cangiarle la faccia per quella fruscola lì!

Esce di casa; ma appena per via, subito di nuovo la maraviglia, le risa della gente, i lazzi dei monellacci impertinenti e ingrati, che si sono scordati di chi li ha accolti prima nel mondo, ajutando la mamma a metterli alla luce.

— Musi di cane! Cazzarellini! Ah, figli di....

Le tirano bucce, sassolini sul cappellone, la accompagnano con rumori sguajati, salterellandole intorno.

— Donna Mimma? Oh, guarda.... — dicono le signore, restando allo spettacolo che si para loro davanti, buffo e pietoso, perchè donna Mimma con quel suo cappellone di traverso e gli occhi ovati rossi di pianto e di rabbia, vuole — così conciata — apparir loro come l'ombra del rimorso, e in quegli occhi ovati rossi di pianto e di rabbia ha un rimprovero per loro pieno di profondo accoramento, quasi che a Palermo a studiare la avessero mandata loro, per forza, e loro la avessero fatta ritornare da Palermo con quel cappellone che, essendo il frutto naturale, quantunque sproposítato, di due anni di studio all'Università, rappresenta il tradimento che loro signore le hanno fatto.

Tradimento sì, tradimento, signore mie, tradimento perchè, se volevate la mammana come donna Mimma era prima, una mammana col fazzoletto in capo e lo scialle, che raccontasse ai vostri bimbi la favola della lettiga e dei fratellini comperati a Palermo coi denari di papà, non dovevate permettere che il fazzoletto di seta celeste e lo scialle di donna Mimma e le vecchie favole di lei fossero usurpati da questa sfrontata continentale che prima, venendo dall'Università col cappello anche lei, li aveva derisi in donna Mimma; dovevate dirle: — " No, cara: tu hai obbligato donna Mimma a studiare due anni a Palermo, a mettersi là il cappello anche lei per non esser derisa dalle fraschette sfrontate come te, e tu ora qua te lo levi? e ti metti il fazzoletto e lo scialle e ti metti a raccontare la favola della lettiga, per prendere il posto di quella che hai mandato via a studiare? Ma questa è per te un'impostura! per quella, invece, vestire così, parlare così era naturale! No, cara, tu ora fai a donna Mimma un tradimento, e come l'hai derisa tu prima col fazzoletto e lo scialle e la vecchia favola della lettiga, la farai deridere dagli altri ora col cappellone e la scienza ostetrica appresa all'Università! „ — Così, signore mie, dovevate dire a codesta *Piemontesa*. O se davvero vi piace di più, ora, la mammana “civile„ che vi sappia spiegar tutto bene, punto per punto, come si fanno e come si possono anche non fare i figliuoli, tutto per bene, come potrebbe spiegarvelo un medico, obbligate allora la *Piemontesa* a rimettersi il cappello, per non far deridere donna Mimma che come un medico ha studiato e col cappello è venuta!

Ma voi vi stringete nelle spalle, signore mie, e fate intendere a donna Mimma che ormai non sapete come comportarvi con l'altra che già vi ha assistito una volta e bene, proprio bene, sì.... e che per la prossima assistenza vi trovate già impegnate.... e, quanto all'avvenire, per non compromettervi, dite di sperare in Dio che basta ora questa croce per voi, d'aver altri figliuoli.

Donna Mimma piange; vorrebbe consolarsi un poco almeno coi bambini, e per farli accostare si toglie dal capo lo sgomento di quel cappellaccio nero; ma invano. Non la riconoscono più, i bambini.

— Ma come? — dice donna Mimma piangendo. — Tu Flavietta, che mi guardavi prima con codesti occhi d'amore; tu, Ninì mio, ma come? non vi ricordate più di me? di donna Mimma? Sono andata io, io a comperarvi a Palermo coi denari di papà; io, con la lettiga d'avorio, figlietti miei, venite qua!

I bimbi non vogliono accostarsi; restano scontrosi, ostili a guatarla da lontano, a guatarle quel cappellaccio nero su le ginocchia; e donna Mimma, allora, dopo essersi provata a lungo ad asciugarsi il pianto dagli occhi e dalle guance, alla fine, vedendo che non ci riesce e che anzi fa peggio, se lo rimette in capo quel cappellaccio e se ne va.

Ma non è solo per questo cappellaccio nero, come donna Mimma pensa, che tutto il paesello le si è voltato contro. Se non fosse per la stizza e il dispetto, potrebbe buttarlo via donna Mimma, il cappellaccio; ma la scienza? Ahimè, la scienza che le strappò dal capo il bel fazzoletto di seta celeste e le impose invece codesto cappellaccio nero; la scienza appresa tardi e male; la scienza che le ha tolto la vista e le ha dato gli occhiali; la scienza che le ha imbrogliato tutta l'esperienza di trentacinque anni; la scienza che le è costata due anni di martirio alla sua età; la scienza, no, non potrà più buttarla via, donna Mimma;

e questo è il vero male, il male irreparabile! Perchè si dà il caso, ora, che una vicina, sposa da appena un anno e già sul punto d'esser mamma, ecco, non trova questa sera nelle quattro stanzette della sua casa un punto, un punto solo, dove quietar la smania da cui si sente soffocare; va sul terrazzino, guarda.... no, si sente lei guardata stranamente da tutte le stelle che sfavillano in cielo; e se lo sente acuto nelle carni come un formicolìo di brividi, tutto questo pungere di stelle, e comincia a gemere e a gridare che non ne può più! Si può aspettare; le dicono che si può aspettare, certo, fino a domani; ma lei dice di no, dice che, se dura così, prima che venga domani, lei sarà morta; e allora, poichè l'altra, la *Piemontesa,* è occupata altrove e ha mandato a dire che proprio gliene duole ma questa notte non può venire; giacchè ora sono in due nel paesello a far questo mestiere, via, si può provare a chiamare donna Mimma. Sì, sì, donna Mimma!

Eh? che? donna Mimma? e che è donna Mimma? uno straccio per turare i buchi? Lei non vuol fare da "sostituta" a quell'altra là! Ma alla fine s'arrende alle preghiere, si pianta prima pian piano il cappello in capo, e va. Ahimè, è possibile che non colga ora questa occasione donna Mimma per dimostrare che ha studiato due anni all'Università come quell'altra, e che sa fare ora come quell'altra, meglio di quell'altra, con tutte quante le regole della scienza e i precetti dell'igiene? Disgraziata! Le vuol mostrare tutte a una a una queste regole della scienza; tutti a uno a uno li vuole applicare questi precetti dell'igiene; tanto mostrare, tanto applicare, che a un certo punto bisogna mandare a precipizio per l'altra, per la *Piemontesa,* e anche per il medico ora, se si vuol salvare questa povera mamma e la creaturina, che rischiano di morire impedite, soffocate, strozzate da tutte quelle regole e da tutti quei precetti.

E ora per donna Mimma è finita davvero. Dopo questa prova, nessuno — ed è giusto — vorrà più saperne di lei. Invelenita contro tutto il paese, col cappellaccio in capo, ogni giorno ella scende in piazza, ora, a fare una scenata innanzi alla farmacia, dando dell'asino al dottore e della sgualdrinella a quella ladra *Piemontesa* che è venuta a rubarle il pane. C'è chi dice che s'è data al vino, perchè dopo queste scenate, ritornando a casa, donna Mimma piange, piange inconsolabilmente; e questo, come si sa, è un certo effetto che il vino suol fare.

La Piemontesina, intanto, col fazzoletto di seta celeste in capo e il lungo scialle d'indiana stretto intorno alla persona, corre da una casa all'altra, con gli occhi a terra, modesti, e lancia di tanto in tanto di traverso una guardatina maliziosa e un sorrisetto che le scopre su le due guance le fossette. Dice con rammarico che è un vero peccato che donna Mimma si sia ridotta così, perchè dal ritorno di lei in paese ella sperava un sollievo; ma sì, un sollievo, visto che questi benedetti papà siciliani troppi, troppi denari hanno, da spendere in figliuoli, e notte e giorno senza requie la fanno viaggiare in lettiga.

LA VENDETTA DEL CANE.

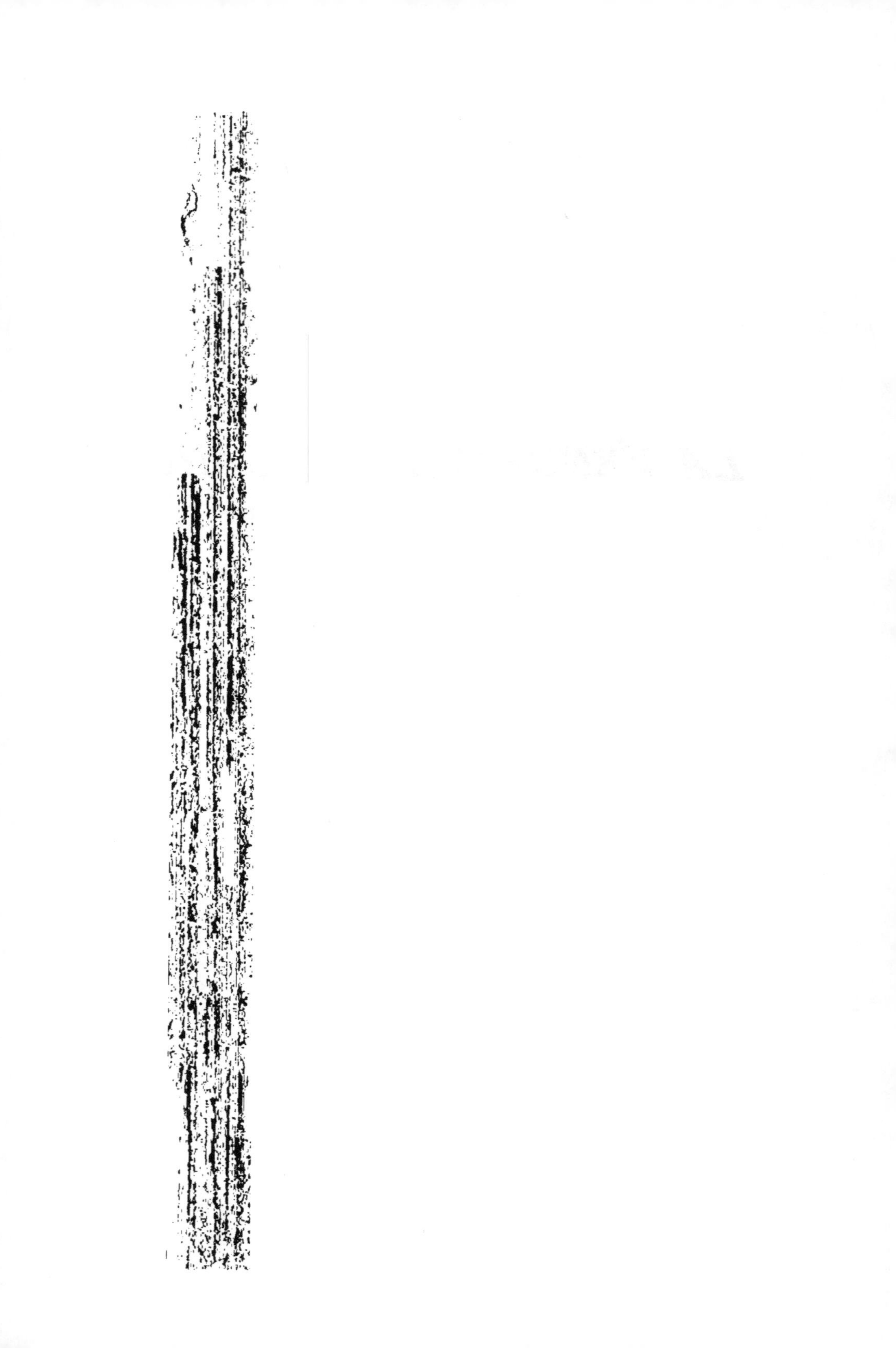

LA VENDETTA DEL CANE.

Senza sapere nè perchè nè come, Jaco Naca s'era trovato un bel giorno padrone di tutta la poggiata a solatìo sotto la città, da cui si godeva il magnifico spettacolo dell'aperta campagna svariata di poggi e di valli e di piani, col mare in fondo, che si perdeva lontano dopo tanto verde, azzurro nella linea dell'orizzonte.

Un signore forestiere con una gamba di legno che gli cigolava a ogni passo gli s'era presentato, tre anni addietro, tutto in sudore, in un podere nella vallatella di Sant'Anna infetta dalla malaria, ov'egli stava in qualità di garzone, ingiallito dalle febbri, coi brividi per le ossa e le orecchie ronzanti dal chinino, e gli aveva annunziato che da minuziose ricerche negli archivii era venuto a sapere che quella poggiata lì, creduta finora senza padrone, apparteneva a lui: se gliene voleva vendere una parte, per certi suoi disegni ancora in aria, gliel' avrebbe pagata secondo la stima d'un perito.

Rocce erano, nient'altro; con, qua e là, qualche ciuffo d'erba, ma a cui neppur le pecore, passando, si degnavano di dare una strappata.

Intristito dal veleno lento del male che gli aveva disfatto il fegato e consunto le carni, Jaco Naca quasi non aveva provato nè meraviglia nè piacere per quella sua ventura, e aveva ceduto a quello zoppo forestiere gran parte di quelle rocce per una manciata di soldi. Ma quando poi, in meno d'un anno, aveva veduto levarsi lassù due villini, uno più grazioso dell'altro, con terrazze di marmo e verande coperte di vetri colorati, come non s'erano mai viste da quelle parti: una vera galanteria! e ciascuno con un bel giardinetto fiorito e adorno di chioschi e di vasche dalla parte che guardava la città, e con orto e pergolato dalla parte che guardava la campagna e il mare; sentendo vantar da tutti, con ammirazione e con invidia, l'accorgimento di quel segnato lì, venuto chi sa da dove, che certo in pochi anni col fitto dei dodici quartini ammobigliati in un luogo così ameno si sarebbe rifatto della spesa e costituito una bella rendita; s'era sentito gabbato e frodato: l'accidia cupa, di bestia malata, con cui per tanto tempo aveva sopportato miseria e malanni, gli s'era cangiata d'improvviso in un'acredine rabbiosa, per cui tra smanie violente e lagrime d'esasperazione, pestando i piedi, mordendosi le mani, strappandosi i capelli, s'era messo a gridar giustizia e vendetta contro quel ladro gabbamondo.

Purtroppo è vero che, a voler scansare un male, tante volte, si rischia d'intoppare in un male peggiore. Quello zoppo forestiere, per non aver più la molestia di quelle scomposte recriminazioni, sconsigliatamente s'era indotto a porger sottomano a Jaco Naca qualche giunta al prezzo della vendita: poco; ma Jaco Naca, naturalmente, aveva sospettato che quella giunta gli fosse porta così sottomano perchè colui non si ritenesse ben sicuro del suo diritto e volesse placarlo; gli avvocati non ci sono per nulla; era ricorso ai tribunali. E intanto che quei pochi quattrinucci della vendita se n'andavano in carta bollata tra rinvii e appelli, s'era dato con rabbioso accanimento a coltivare il residuo della sua proprietà, il fondo del valloncello sotto quelle rocce, ove le piogge, scorrendo in grossi rigagnoli su lo scabro e ripido declivio della poggiata, avevano depositato un po' di terra.

Lo avevano allora paragonato a un cane balordo che, dopo essersi lasciato strappar di bocca un bel cosciotto di montone, ora rabbiosamente si rompesse i denti su l'osso abbandonato da chi s'era goduta la polpa.

Un po' d'ortaglia stenta, una ventina di non meno stenti frutici di mandorlo che parevano ancora sterpi tra i sassi, erano sorti laggiù nel valloncello angusto come una fossa, in quei due anni d'accanito lavoro; mentre lassù, aerei innanzi allo spettacolo di tutta la campagna e del mare, i due leggiadri villini splendevano al sole, abitati da gente ricca, che Jaco Naca naturalmente s'immaginava anche felice. Felice, non foss'altro, del suo danno e della sua miseria.

E per far dispetto a questa gente e vendicarsi almeno così del forestiere, quando non aveva potuto più altro, aveva trascinato laggiù nella fossa un grosso cane di guardia; lo aveva legato a una corta catena confitta per terra, e lasciato lì, giorno e notte, morto di fame, di sete e di freddo.

— Grida per me!

❦

Di giorno, quand'egli stava attorno all'orto a zappettare, divorato dal rancore, con gli occhi truci nel terreo giallore della faccia, il cane per paura stava zitto. Steso per terra, col muso allungato su le due zampe davanti, al più, sollevava gli occhi e traeva qualche sospiro o un lungo sbadiglio mugolante, fino a slogarsi le mascelle, in attesa di qualche tozzo di pane, ch'egli ogni tanto gli tirava come un sasso, divertendosi anche talvolta a vederlo smaniare, se il tozzo ruzzolava più là di quanto teneva la catena. Ma la sera, appena rimasta sola laggiù, e poi per tutta la nottata, la povera bestia si dava a guaire, a uggiolare, a sguagnolare, così forte e con tanta intensità di doglia e con tali implorazioni d'ajuto e di pietà, che tutti gl'inquilini delle due ville si destavano e non potevano più riprender sonno.

Da un piano all'altro, dall'uno all'altro quartino, nel silenzio della notte, si sentivano i borbottii, gli sbuffi, le imprecazioni, le smanie di tutta quella gente svegliata nel meglio del sonno; i richiami e i pianti dei bimbi impauriti, il tonfo dei passi a piedi scalzi o lo strisciar delle ciabatte delle mamme accorrenti.

Era mai possibile seguitare così? E da ogni parte eran piovuti reclami al proprietario, il quale, dopo aver tentato più volte e sempre invano, con le buone e con le cattive, d'ottenere da quel tristo che finisse d'infliggere il martirio alla povera bestia, aveva dato il consiglio di rivolgere al municipio un'istanza firmata da tutti gl'inquilini.

Ma anche quell'istanza non aveva approdato a nulla. Correva, dai villini al posto ove il cane stava incatenato, la distanza voluta dai regolamenti: se poi, per la bassura di quel valloncello e per l'altezza dei due villini, i guaiti pareva giungessero da sotto le finestre, Jaco Naca non ci aveva colpa: egli non poteva insegnare al cane ad abbajare in un modo più grazioso per gli orecchi di quei signori; se il cane abbajava, faceva il suo mestiere; non era vero ch'egli non gli desse da mangiare; gliene dava quanto poteva; di levarlo di catena non era neanche da parlarne perchè, sciolto, il cane se ne sarebbe tornato a casa, e lui lì aveva da guardarsi quei suoi benefici che gli costavano sudori di sangue. Quattro sterpi? Eh, non a tutti toccava la ventura d'arricchirsi in un batter d'occhio alle spalle d'un povero ignorante!

— Niente, dunque? Non c'era da far niente?

E una notte di quelle, che il cane s'era dato a mugolare alla gelida luna di gennajo più angosciosamente che mai, all'improvviso, una finestra s'era aperta con fracasso nel primo dei due villini, e due fucilate n'eran partite, con tremendo rimbombo, a breve intervallo. Tutto il silenzio della notte era come rimbalzato due volte con la campagna e il mare, sconvolgendo ogni cosa; e in quel generale sconvolgimento, urla, gridi disperati! Era il cane che aveva subito cangiato il mugolìo in un latrato furibondo, e tant'altri cani delle campagne vicine e lontane s'erano dati anch'essi a latrare a lungo, a lungo. Tra il frastuono, un'altra finestra s'era schiusa nel secondo villino, e una voce irata di donna e una vocetta squillante di bimba non meno irata, avevano gridato verso quell'altra finestra da cui erano partite le fucilate:

— Bella prodezza! Contro la povera bestia incatenata!

— Brutto cattivo!

— Se ha coraggio, contro il padrone dovrebbe tirare!

— Brutto cattivo!

— Non le basta che stia lì quella povera bestia a soffrire il freddo, la fame, la sete? Anche ammazzata? Che prodezza! Che cuore!

— Brutto cattivo!

E la finestra s'era richiusa con impeto d'indignazione.

Aperta era rimasta quell'altra, ove l'inquilino, che forse s'aspettava l'approvazione di tutti i vicini, ecco che, ancor vibrante della violenza commessa, si aveva in cambio la sferzata di quell'irosa e mordace protesta femminile. Ah sì? ah sì? E per più di mezz'ora, lì seminudo, al gelo della notte, come un pazzo, colui aveva imprecato non tanto alla maledettissima bestia che da un mese non lo lasciava dormire, quanto alla facile pietà di certe signore che, potendo a piacer loro dormire di giorno, possono perdere senza danno il sonno della notte, con la soddisfazione per giunta.... eh già, con la soddisfazione di sperimentar la tenerezza del proprio cuore, compatendo le bestie che tolgono il riposo a chi si rompe l'anima a lavorare dalla mattina alla sera. E l'anima diceva, per non dire altro.

I commenti, nei due villini, durarono a lungo quella notte; s'accesero in tutte le famiglie vivacissime discussioni tra chi dava ragione all'inquilino che aveva sparato, e chi alla signora che aveva preso le difese del cane.

Tutti eran d'accordo — sì — che quel cane era insopportabile; ma anche — sì — ch'esso meritava compassione per il modo crudele con cui era trattato dal padrone. Se non che, la crudeltà di costui non era soltanto contro la bestia, era anche contro tutti coloro a cui, per via di essa, toglieva il riposo della notte. Crudeltà voluta; vendetta meditata e dichiarata. Ora, ecco, la compassione per la povera bestia faceva indubbiamente il giuoco di colui; il quale, tenendola così a catena e morta di fame e di sete e di freddo, pareva sfidasse tutti, dicendo:

— Se avete coraggio, per giunta, ammazzatela!

Ebbene, sì: bisognava ammazzarla, bisognava vincere la compassione e ammazzarla, per non darla vinta a quel manigoldo! — Ah sì? Ammazzarla? E non si sarebbe fatta allora scontare iniquamente alla povera bestia la colpa del padrone? Bella giustizia! Una crudeltà sopra la crudeltà, e doppiamente ingiusta, perchè si riconosceva che la bestia non solo non aveva colpa ma anzi aveva ragione di lagnarsi così! La doppia crudeltà di quel tristaccio si sarebbe rivolta tutta contro la bestia, se anche quelli che non potevano dormire si mettevano contro di essa e la uccidevano! D'altra parte, però, se non c'era altro mezzo d'impedire che colui martoriasse tutti?

— Piano, piano, signori.... — era sopravvenuto ad ammonire il proprietario dei due villini, la mattina dopo, con la sua gamba di legno cigolante. — Per amor di Dio, piano, signori! Ammazzare il cane a un contadino siciliano? Ma si guardassero bene dal rifar la prova! Ammazzare il cane a un contadino siciliano voleva dire farsi ammazzare senza remissione. Che aveva da perdere colui? Bastava guardarlo in faccia per capire che, con la rabbia che aveva in corpo, non avrebbe esitato a commettere un delitto.

Poco dopo, infatti, Jaco Naca, con la faccia più gialla del solito e col fucile appeso alla spalla, s'era presentato innanzi ai due villini e, rivolgendosi a tutte le finestre dell'uno e dell'altro, poichè non gli avevano saputo indicare da quale propriamente fossero partite le fucilate, aveva masticato la sua minaccia, sfidando che si facesse avanti chi aveva attentato al suo cane.

Tutte le finestre eran rimaste chiuse; soltanto quella dell'inquilina che aveva preso le difese del cane e che era la giovine vedova dell'intendente delle finanze, signora Crinelli, s'era aperta, e la bambina dalla voce squillante, la piccola Rorò, unica figlia della signora, s'era lanciata alla ringhiera col visino in fiamme e gli occhioni sfavillanti per gridare a colui il fatto suo, scotendo i folti ricci neri della tonda testolina ardita.

Jaco Naca, in prima, sentendo schiudere quella finestra, s'era tratto di furia il fucile dalla spalla; ma poi, vedendo comparire una bambina, era rimasto con un laido ghigno sulle labbra ad ascoltarne la fiera invettiva, e alla fine con acre mutria le aveva domandato:

— Chi ti manda, papà? Digli che venga fuori lui: tu sei piccola!

Ma la mammina s'era affrettata a tirar dentro la bimba.

❦

Da quel giorno, la violenza dei sentimenti in contrasto nell'animo di quella gente, da un canto arrabbiata per il sonno perduto, dall'altro indotta per la misera condizione di quel povero cane a una pietà subito respinta dall'irritazione fierissima verso quel villanzone che se ne faceva un'arma contro di loro, non solo turbò la delizia di abitare in quei due villini tanto ammirati, ma inasprì talmente le relazioni degli inquilini tra loro che, di dispetto in dispetto, presto si venne a una guerra dichiarata, specialmente tra quei due che per i primi avevano manifestato gli opposti sentimenti: la vedova Crinelli e l'ispettore scolastico cavalier Barsi, che aveva sparato.

Si malignava sotto sotto, che la nimicizia tra i due non era soltanto a causa del cane, e che il cavalier Barsi ispettore scolastico sarebbe stato felicissimo di perdere il sonno della notte, se la giovane vedova dell'intendente delle finanze avesse avuto per lui un pochino pochino della compassione che aveva per il cane. Si ricordava che il cavalier Barsi, non ostante la ripugnanza che la giovane vedova aveva sempre dimostrato per quella sua figura tozza e sguajata, per quei suoi modi appiccicaticci come l'unto delle sue pomate, s'era ostinato a corteggiarla, pur senza speranza, quasi per farle dispetto, quasi per il gusto di farsi mortificare e punzecchiare a sangue non solo dalla giovane vedova, ma anche dalla figlietta di lei, da quella piccola Rorò che guardava tutti con gli occhioni scontrosi, come se credesse di trovarsi in un mondo ordinato apposta per l'infelicità della sua bella mammina, la quale soffriva sempre di tutto e piangeva spesso, pareva di nulla, silenziosamente. Quanta invidia, quanta gelosia e quanto dispetto entravano nell'odio del cavalier Barsi ispettore scolastico per quel cane?

Ora, ogni notte, sentendo i mugolii della povera bestia, mamma e figliuola, abbracciate strette strette nel letto come a resistere insieme allo strazio di quei lunghi lagni, stavano nell'aspettativa piena di terrore, che la finestra del villino accanto si schiudesse e che, con la complicità delle tenebre, altre fucilate ne partissero.

— Mamma, oh mamma, — gemeva la bimba

tutta tremante, — ora gli spara! Senti come grida? Ora lo ammazza!

— Ma no, sta' tranquilla, — cercava di confortarla la mammina, — sta' tranquilla, cara, che non lo ammazzerà! Ha tanta paura del villano.... Non hai visto che non ha osato d'affacciarsi alla finestra? Se egli ammazza il cane, il villano ammazzerà lui. Sta' tranquilla!

Ma Rorò non riusciva a tranquillarsi. Già da un pezzo, della sofferenza di quella bestia pareva si fosse fatta una fissazione. Stava tutto il giorno a guardarla dalla finestra giù nel valloncello, e si struggeva di pietà per essa. Avrebbe voluto scendere laggiù a confortarla, a carezzarla, a recarle da mangiare e da bere; e più volte, nei giorni che il villano non c'era, lo aveva chiesto in grazia alla mamma. Ma questa, per paura che quel tristo sopravvenisse, o per timore che la piccina scivolasse giù per il declivio roccioso, non gliel'aveva mai concesso.

Glielo concesse alla fine, per far dispetto al Barsi, dopo l'attentato di quella notte. Sul tramonto, quando vide andar via con la zappa in collo Jaco Naca, pose in mano a Rorò per le quattro cocche un tovagliolo pieno di tozzi di pane e con gli avanzi del desinare, e le raccomandò di star bene attenta a non mettere in fallo i piedini, scendendo per la poggiata. Ella si sarebbe affacciata alla finestra a sorvegliarla.

S'affacciarono con lei tanti e tant'altri inquilini ad ammirare la bimba coraggiosa che scendeva in quel triste fossato a soccorrere la bestia. S'affacciò anche il Barsi alla sua, e seguì con gli occhi la bimba, crollando il capo e stropicciandosi le gote raschiose con una mano sulla bocca. Non era un'aperta sfida a lui tutta quella carità così ostentata? Ebbene: egli la avrebbe raccolta, quella sfida. Aveva comperato la mattina una certa pasta avvelenata da buttare al cane, una di quelle notti, per liberarsene zitto zitto. Gliel'avrebbe buttata quella notte stessa. Intanto rimase lì a godersi fino all'ultimo lo spettacolo di quella carità e tutte le amorose esortazioni di quella mammina che gridava dalla finestra alla sua piccola di non accostarsi troppo alla bestia, che poteva morderla, non conoscendola.

— Oh Dio.... già.... già....

Il cane abbajava, difatti, vedendo appressarsi la bimba e, trattenuto dalla catena, balzava in qua e in là, minacciosamente. Ma Rorò, col tovagliolo stretto per le quattro cocche nel pugno, andava innanzi sicura e fiduciosa che quello, or ora, certamente, avrebbe compreso la sua carità. Ecco, già al primo richiamo scodinzolava, pur seguitando a abbajare; ed ecco, ora, al primo tozzo di pane, non abbajava più. Oh poverino, poverino, con quale voracità ingojava i tozzi uno dopo l'altro! Ma ora, ora veniva il meglio.... E Rorò, senza la minima apprensione, stese con le due manine la carta coi resti del desinare sotto il muso del cane che, dopo aver mangiato e leccato a lungo la carta, guardò la bimba, dapprima quasi meravigliato, poi con affettuosa riconoscenza. Quante carezze non gli fece allora Rorò, a mano a mano sempre più rinfrancata e felice della sua confidenza corrisposta; quante parole di pietà non gli disse; arrivò finanche a baciarlo sul capo, provandosi ad abbracciarlo, mentre di lassù la mamma, sorridendo e con le lagrime agli occhi, le gridava che tornasse su. Ma il cane ora avrebbe voluto ruzzare con la bimba: s'acquattava, poi springava smorfiosamente, senza badare agli strattoni della catena, e si storcignava tutto, guaendo, ma di gioja.

Non doveva pensare Rorò, quella notte, che il cane se ne stesse tranquillo perchè lei gli aveva recato da mangiare e lo aveva confortato con le sue carezze? Una sola volta, per poco, a una cert'ora, s'intesero i suoi latrati; poi, più nulla. Certo il cane, sazio e contento, dormiva. Dormiva, e lasciava dormire.

— Mamma, — disse Rorò, felice del rimedio finalmente trovato. — Domattina, di nuovo, mamma, è vero?

— Sì.... sì.... — le rispose la mamma, non comprendendo bene, nel sonno.

E la mattina appresso, il primo pensiero di Rorò fu d'affacciarsi a vedere il cane che non s'era inteso tutta la notte.

Eccolo là: steso di fianco per terra, con le quattro zampe diritte, stirate, come dormiva bene! E nel valloncello non c'era nessuno: pareva ci fosse soltanto il gran silenzio che, per la prima volta, quella notte, non era stato turbato.

Insieme con Rorò e con la mammina, gli altri inquilini guardavano anch'essi stupiti quel silenzio di laggiù e quel cane che dormiva ancora, lì disteso, a quel modo. Era dunque vero che il pane, le carezze della bimba avevano fatto il miracolo di lasciar dormire tutti e anche la povera bestia?

Solo la finestra del Barsi restava chiusa.

E, poichè il villano ancora non si vedeva laggiù, e forse per quel giorno, come spesso avveniva, non si sarebbe veduto, parecchi degli inquilini persuasero la signora Crinelli ad arrendersi al desiderio di Rorò di recare al cane — com'ella diceva — la colazione.

— Ma bada.... piano, — la ammonì la mamma. — E poi su, presto, senza indugiarti, eh? Seguitò a dirglielo dalla finestra, mentre la bimba scendeva con passetti lesti, ma cauti, tenendo la testina bassa e sorridendo tra sè per la festa che s'aspettava dal suo grosso amico che dormiva ancora.

Giù, sotto la roccia, tutto raggruppato come una belva in agguato, era intanto Jaco Naca, col fucile. La bimba, svoltando, se lo trovò di faccia, all'improvviso, vicinissimo: ebbe appena il tempo di guardarlo con gli occhi spaventati: rintronò la fucilata, e la bimba cadde riversa, tra gli urli della madre e degli altri inquilini, che videro con raccapriccio rotolare il corpicciuolo giù per il pendìo fin presso al cane rimasto là, inerte, con le quattro zampe stirate.

IL SALTAMARTINO.

Prima che Fabio Feroni, non più assistito dal senno antico, si fosse indotto a prender moglie, per lunghi anni, mentre gli altri cercavano un po' di svago dalle consuete fatiche o in qualche passeggiata o nei caffè, da uomo solitario com'era allora, aveva trovato il suo spasso nel terrazzino della vecchia casa di scapolo, ove, tra tanti vasi di fiori, eran pur mosche assai e ragni e formiche e altri insetti, della cui vita s'interessava con curiosità e con amore.

Si spassava sopratutto assistendo agli sforzi sconnessi d'una vecchia tartaruga, la quale da parecchi anni s'ostinava, testarda e dura, a salire il primo dei tre gradini per cui da quel terrazzo si andava alla saletta da pranzo.

— Chi sa, — aveva pensato più volte il Feroni, — chi sa quali delizie s'immagina di trovare in quella saletta, se da tant'anni dura questa sua ostinazione!

Ecco, riuscita con sommo stento a superar l'alzata dello scalino, quando già poneva su l'orlo della pedata le zampette sbieche e raspava, raspava disperatamente per tirarsi su, tutt'a un tratto perdeva l'equilibrio, ricadeva giù riversa su la scaglia rocciosa.

Più d'una volta il Feroni, pur sicuro che essa, se alla fine avesse superato il primo, poi il secondo, poi il terzo scalino, fatto un giro nella saletta da pranzo, avrebbe voluto ritornar giù al battuto del terrazzo, la aveva presa e delicatamente posata sul primo scalino, premiando così la vana ostinazione di tanti anni.

Ma aveva con meraviglia esperimentato che la tartaruga, o per paura o per diffidenza, non aveva voluto mai avvalersi di quel suo ajuto e, ritratte la testa e le zampe entro la scaglia, se n'era per un gran pezzo rimasta lì come pietra, e poi, pian piano voltandosi, s'era rifatta all'orlo dello scalino, dando segni non dubbii di volerne discendere.

E allora egli la aveva rimessa giù; ed ecco poco dopo la tartaruga riprender l'eterna fatica di salir da sè quel primo scalino.

— Che bestia! — aveva esclamato il Feroni, la prima volta.

Ma poi, riflettendoci meglio, s'era accorto d'aver detto bestia a una bestia, come si dice bestia a un uomo.

Infatti, le aveva detto bestia, non già perchè in tanti e tanti anni di prova essa ancora non aveva saputo farsi capace che, essendo troppo alta l'alzata di quello scalino, per forza, nell'aderirvi tutta verticalmente, avrebbe dovuto a un punto perder l'equilibrio e cader riversa; ma perchè, ajutata da lui, aveva ricusato l'ajuto.

Che seguiva però da questa riflessione? Che, dicendo in questo senso bestia a un uomo, si viene a fare alle bestie una gravissima ingiuria, perchè si viene a scambiare per stupidità quella che invece è probità in loro o prudenza istintiva. Bestia si dice a un uomo che ricusa l'ajuto, perchè non par lecito pregiare in un uomo quella che nelle bestie è probità.

Tutto questo in generale.

Il Feroni poi aveva ragioni sue particolari di recarsi a dispetto quella probità o prudenza che fosse della vecchia tartaruga, e per un po' si compiaceva delle ridicole e disperate spinte ch'essa tirava nel vuoto così riversa, e alla fine, stanco di vederla soffrire, le soleva allungare un solennissimo calcio.

❦

Mai, mai nessuno che avesse voluto dare a lui una mano in tutti i suoi sforzi per salire!

E tuttavia, neppure di questo si sarebbe in fondo doluto molto Fabio Feroni, conoscendo le aspre difficoltà dell'esistenza e l'egoismo che ne deriva agli uomini, se nella vita non gli fosse toccato di fare un'altra ben più triste esperienza, per la quale gli pareva d'aver quasi acquistato un diritto, se non proprio all'ajuto, almeno alla commiserazione altrui.

E l'esperienza era questa: che, ad onta di tutte le sue diligenze, sempre, com'egli era proprio lì lì per raggiunger lo scopo a cui per tanto tempo aveva teso con tutte le forze dell'anima, accorto, paziente e tenace, sempre il caso con lo scatto improvviso d'un saltamartino, s'era divertito a buttarlo riverso a pancia all'aria — proprio come quella tartaruga lì.

Giuoco feroce. Una ventata, un buffetto, una scrollatina, sul più bello, e giù tutto.

Nè era da dire che le sue cadute improvvise meritavano scarsa commiserazione per la modestia delle sue aspirazioni. Prima di tutto, non sempre, come in questi ultimi tempi, erano state modeste le sue aspirazioni. Ma poi.... — sì, certo, quanto più dall'alto, tanto più dolorose, le cadute — ma quella d'una formica da uno sterpo alto due palmi, non vale agli effetti quella d'un uomo da un campanile? Oltre che la modestia delle aspirazioni, se mai, avrebbe dovuto far giudicare più crudele quel giochetto del caso. Bel gusto, difatti, prendersela con una formica, cioè con un poveretto che da anni e anni stenta e s'industria in tutti i modi a tirar su e ad avviare tra ripieghi e ripari un piccolo espediente per migliorar d'un poco la propria condizione; là, sorprenderlo a un tratto e frustrare in un attimo tutti i sottili accorgimenti, la lunga pena d'una speranza pian pianino condotta quasi per un filo sempre più tenue a ridursi a effetto!

Non sperare più, non più illudersi, non desiderare più nulla; andare innanzi così, in una totale remissione, abbandonato del tutto alla discrezione della sorte — ecco, l'unica sarebbe stata questa: lo capiva bene, Fabio Feroni. Ma, ahimè, speranze e desiderî e illusioni gli rinascevano, quasi a dispetto, irresistibilmente: erano i germi che la vita stessa gettava e che cadevano anche nel suo terreno, il quale, per quanto indurito dal gelo dell'esperienza, non poteva non accoglierli, impedire che mettessero una pur debole radice e sorgessero pallidi, con timidità sconsolata nell'aria cupa e diaccia della sua sconfidenza.

Tutt'al più, poteva fingere di non accorgersene, ecco; o anche dire a sè stesso che non era mica vero ch'egli sperava questo e desiderava quest'altro; o che si faceva la più piccola illusione che quella speranza o quel desiderio potessero mai ridursi a effetto. Tirava via, proprio come se non sperasse nè desiderasse più nulla, proprio come se non s'illudesse più per niente; ma pur guardando, quasi con la coda dell'occhio, la speranza, il desiderio, l'illusione soppiatta e seguendoli serio serio, quasi di nascosto da sè stesso.

Quando poi il caso, all'improvviso, immancabilmente, dava a essi il solito sgambetto, egli n'aveva sì un soprassalto, ma fingeva che fosse una scrollatina di spalle; e rideva agro e annegava il dolore nella soddisfazione sapor d'acqua di mare di non aver punto sperato, punto desiderato, di non essersi illuso per nientissimo affatto; e che perciò quel demoniaccio del caso questa volta, eh no, questa volta no, non gliel'aveva fatta davvero!

— Ma si capisce!... Ma si capisce!... — diceva in questi momenti agli amici, ai conoscenti, suoi compagni d'ufficio, là nella biblioteca ov'era impiegato.

Gli amici lo guardavano senza comprender bene che cosa si dovesse capire.

— Ma non vedete? È caduto il Ministero! — soggiungeva il Feroni. — E si capisce!

Pareva che lui solo capisse le cose più assurde e inverosimili, da che non sperando più, per così dire, direttamente, ma coltivando per passatempo speranze immaginarie, speranze che avrebbe potuto avere e non aveva, illusioni che avrebbe potuto farsi e non si faceva, s'era messo a scoprire le più strambe relazioni di cause e d'effetti per ogni minimo che; e oggi era la caduta del Ministero, e domani la venuta dello Scià di Persia a Roma, e doman l'altro l'interruzione della corrente elettrica che aveva lasciato al bujo per mezz'ora la città.

Insomma, Fabio Peroni s'era ormai fissato in ciò che egli chiamava lo scatto del saltamartino; e, così fissato, era caduto in preda naturalmente alle più stravaganti superstizioni, che, distornandolo sempre più dalle sue antiche, riposate meditazioni filosofiche, gli avevan fatto commettere più d'una vera e propria stranezza e leggerezze senza fine.

❦

Prese moglie, un bel giorno, lì per lì, come si beve un uovo, per non dar tempo al caso di mandargli tutto a gambe all'aria.

Veramente, egli guardava da un pezzo (al solito, con la coda dell'occhio) quella signorina Molesi, che stava presso la biblioteca: Dreetta Molesi, che più gli pareva bella e piena di grazia e più diceva a tutti ch'era brutta e smorfiosa.

Alla sposina che, avendo una gran fretta anche lei, si lamentava della troppa fretta di lui, disse che aveva già tutto pronto da tempo: la casa, così e così, che ella però non doveva chiedere di visitare avanti, perchè gliela riserbava come una bella sorpresa per il giorno delle nozze; e non volle dire neppure in qual via fosse, temendo che di nascosto o con la madre o col fratello andasse a visitarla, tentata dalle minuziose descrizioni ch'egli le aveva fatto di tutti i comodi ch'essa offriva e della vista che si godeva dalle finestre, e dei mobili che aveva acquistati e disposti amorosamente nelle varie camerette.

Discusse a lungo con lei sul viaggio di nozze: a Firenze? a Venezia? Ma quando fu sul punto, partì per Napoli, certo d'aver così gabbato il caso, d'averlo cioè spedito a Firenze e a Venezia da un albergo all'altro per guastargli le gioje della luna di miele, mentr'egli se le sarebbe godute, quieto e riparato, a Napoli.

Tanto Dreetta quanto i parenti rimasero storditi di questa improvvisa risoluzione di partire per Napoli, quantunque già un poco avvezzi a simili repentini cambiamenti in lui sia d'umore sia di propositi. Non s'immaginavano che una ben più grande sorpresa li aspettava al ritorno dal viaggio di nozze.

Dov'era la casetta, il nido già apparecchiato da tempo e descritto con tanta minuzia? Dov'era? Nel sogno, che Fabio Feroni destinava, come tutti gli altri, al caso, perchè si spassasse a distruggerglielo a sua posta con qualcuna delle sue improvvise prodezze. Là, in due camerette ammobigliate, scelte lì per lì in treno, ritornando da Napoli, tra le tante disponibili negli annunzi d'affitti di un giornale, si vide condotta Dreetta appena giunta a Roma.

L'ira, l'indignazione questa volta ruppero tutti i freni finora imposti dalla buona creanza e dalla poca confidenza. Dreetta e i parenti gridarono all'inganno, anzi peggio, all'impostura. Impostura, sì, sì, impostura! Ma come! Perchè mentire così? far vedere una casa apparecchiata di tutto punto, piena di tutti i comodi, perchè?

Fabio Peroni, che s'aspettava quello scoppio, attese paziente che le prime furie svaporassero, sorridendo contento di quel suo martirio, e cercandosi con le dita nelle narici qualche peluzzo da tirare.

Dreetta piangeva? i parenti lo ingiuriavano? Era bene, era bene che fosse così, per tutta la gioja ch'egli aveva or ora goduta a Napoli, per tutto l'amore che gli riempiva l'anima. Era bene che fosse così.

Perchè piangeva Dreetta? Per una casa che non c'era? Eh via, poco male! ci sarebbe stata!

E spiegò ai parenti perchè non avesse apparecchiato avanti la casetta e perchè avesse mentito; spiegò che la sua menzogna, del resto, appariva tale un po' anche per colpa loro, cioè delle troppe domande che gli avevano rivolte quand'egli sul principio aveva dichiarato d'aver tutto pronto da tempo e di voler fare alla sposina una bella sorpresa. Aveva pronto il denaro, ed eccolo lì: sette mila lire, risparmiate e raccolte in tanti anni e con tanti stenti; e la sorpresa che preparava a Dreetta era questa: di darle in mano quel denaro, perchè pensasse lei, lei soltanto, a metter su il nido di suo gusto, come una necessità e non come un sogno. Ma, per carità! non seguisse ella in nulla e per nulla la descrizione immaginaria che lui gliene aveva fatta un tempo: tutto diverso doveva essere; scegliesse lei con l'ajuto della mamma e del fratello; egli non voleva saperne nulla, perchè se minimamente avesse approvato questa o quella scelta e se ne fosse compiaciuto, addio ogni cosa! E volle infine prevenirli che se speravano ch'egli delle loro compere e dell'assetto della casa e di tutto quanto si dichiarasse contento, se lo levassero pure dal capo, perchè egli fin d'ora, a ogni modo, se ne dichiarava scontento, scontentissimo.

Fosse per questo, fosse per la cordialità dei padroni di casa, buoni vecchi all'antica, marito e moglie con una figliuola nubile, Dreetta non s'affrettò più di comporsi il nido. Rimasero d'accordo coi padroni di casa, che avrebbero sloggiato alla nascita del primo figliuolo.

Intanto i primi mesi di matrimonio furono un fiume di pianto nascosto per Dreetta, la quale, volendo vivere a modo del marito, ancora non s'era accorta ch'egli diceva tutto il contrario di quello che desiderava.

Fabio Peroni in fondo desiderava tutto ciò che avrebbe potuto far contenta la sposina; ma, sapendo che, se avesse manifestato e seguìto quei desiderî, il caso li avrebbe subito rovesciati, per prevenirlo, manifestava e seguiva i desiderî contrarî; e la sposina viveva infelice. Quand'ella infine se n'accorse e cominciò a fare a suo modo, cioè tutt'al contrario di quel che diceva lui, la gratitudine, l'affetto, l'ammirazione di Fabio Feroni per lei raggiunsero il colmo. Ma il pover'uomo si guardò bene dall'esprimerli; si sentì felice anche lui, e cominciò a tremarne. Così pieno di gioja, come fare a nasconderla? a dichiararsi scontento? E guardando la sua piccola Dreetta già incinta, gli occhi gli s'invetravano di làgrime; lagrime di tenerezza e di riconoscenza.

Negli ultimi mesi la moglie, col fratello e la mamma, si diede attorno, per metter su la casetta. La trepidazione di Fabio Feroni divenne in quei giorni più che mai angosciosa. Sudava freddo a tutte le espressioni di giubilo della sposina, soddisfatta della compera di questo o di quel mobile.

— Vieni a vedere.... vieni a vedere.... — gli diceva Dreetta.

Con tutte e due le mani egli avrebbe voluto turarle la bocca. La gioja era troppa; quella era anzi la felicità, la vera felicità raggiunta. Non era possibile che non accadesse da un momento all'altro una disgrazia. E Fabio Feroni si mise a guardare attorno e innanzi e indietro con rapidi sguardi obliqui per scoprire e prevenir l'insidia del caso, l'insidia che poteva annidarsi anche in un granellino di polvere; e si buttava con le mani a terra, gattone, per impedire il passo alla moglie se scorgeva sul pavimento qualche buccia su cui il piedino di lei avrebbe potuto smucciare. Ecco, forse l'insidia era là, in quella buccia! O forse.... ma sì, in quella gabbia lì, del canarino.... Già una volta Dreetta era montata su un sediolino, col rischio di cadere, per rimetter la canapuccia nel vasetto. Via quel canarino! E alle proteste, al pianto di Dreetta, egli, tutt'arruffato, ispido, come un gatto fustigato:

— Per carità, — s'era messo a gridare, — ti prego, lasciami fare! lasciami fare!

E gli occhi sbarrati gli andavano di continuo in qua e in là, con una mobilità e una lucentezza inquietanti.

Finchè una notte ella non lo sorprese in camicia con una candela in mano, che andava cercando l'insidia del caso entro le tazzine da caffè capovolte e allineate sul palchetto della credenza nella sala da pranzo.

— Fabio, che fai?

E, lui, ponendosi un dito su la bocca:

— Ssss..... zitta! Lo scovo! Ti giuro che questa volta lo scovo.... Non me la fa!

Tutt'a un tratto, o fosse un topo, o un soffio d'aria, o uno scarafaggio sui piedi nudi, il fatto è che Fabio Feroni diede un urlo, un balzo, un salto da montone, e s'afferrò con le due mani il ventre gridando che lo aveva lì, lì, il saltamartino, lì dentro, lì dentro lo stomaco! E dàlli a springare, a springare in camicia per tutta la casa, poi giù per le scale e poi fuori, per la via deserta, nella notte, urlando, ridendo, mentre Dreetta scarmigliata gridava ajuto dalla finestra.

QUANDO SI COMPRENDE.

I passeggieri arrivati a Roma col treno notturno alla stazione di Fabriano dovettero aspettar l'alba per proseguire in un lento trenino sgangherato il loro viaggio su per le Marche.

All'alba, in una lercia vettura di seconda classe, nella quale avevano già preso posto cinque viaggiatori, fu portata quasi di peso una signora così abbandonata nel cordoglio che non si reggeva più in piedi.

Lo squallor crudo della prima luce, nell'angustia opprimente di quella sudicia vettura intanfata di fumo, fece apparire come un incubo ai cinque viaggiatori, che avevano passato insonne la notte, tutto quel viluppo di panni, goffo e pietoso, issato con sbuffi e gemiti su dalla banchina e poi su dal montatojo.

Gli sbuffi e i gemiti che accompagnavano e quasi sostenevano, da dietro, lo stento, erano del marito, che alla fine spuntò, gracile e sparuto, pallido come un morto, ma con gli occhietti vivi vivi, aguzzi nel pallore.

L'afflizione di veder la moglie in quello stato non gl'impediva tuttavia di mostrarsi, pur nel grave imbarazzo, cerimonioso; ma lo sforzo fatto lo aveva anche, evidentemente, un po' stizzito, forse per timore di non aver dato prova davanti a quei cinque viaggiatori di bastante forza a sorreggere e introdurre nella vettura il pesante fardello di quella moglie là.

Preso posto, però, dopo aver porto scusa e ringraziamenti ai compagni di viaggio che si erano scostati per far subito sedere la signora sofferente, potè mostrarsi cerimonioso e premuroso anche con lei e le rassettò le vesti addosso e il bavero della mantiglia che le era salito sul naso.

— Stai bene, cara?

La moglie, non solo non gli rispose, ma con ira si tirò su di nuovo la mantiglia — più su, fino a nascondersi tutta la faccia. Egli allora sorrise afflitto; poi sospirò:

— Eh.... mondo di guai!...

E volle spiegare ai compagni di viaggio che la moglie era da compatire perchè si trovava in quello stato per l'improvvisa e imminente partenza dell'unico figliuolo per la guerra. Disse che da vent'anni non vivevano più che per quell'unico figliuolo. Per non lasciarlo solo, l'anno avanti, dovendo egli intraprendere gli studii universitarî, s' erano trasferiti da Sulmona a Roma. Scoppiata la guerra, il figliuolo, chiamato sotto le armi, s'era iscritto al corso accelerato degli allievi ufficiali; dopo tre mesi, nominato sottotenente di fanteria e assegnato al 12° reggimento, brigata Casale, era andato a raggiungere il deposito a Macerata, assicurando loro che sarebbe rimasto colà almeno un mese e mezzo per l'istruzione delle reclute: ma ecco che, invece, dopo tre soli giorni lo mandavano al fronte. Avevano ricevuto a Roma il giorno avanti un telegramma che annunziava questa partenza a tradimento. E si recavano a salutarlo, a vederlo partire.

La moglie sotto la mantiglia s'agitò, si restrinse, si contorse, rugliò anche più volte come una belva, esasperata da quella lunga spiegazione del marito, il quale, non comprendendo che nessun compatimento speciale poteva venir loro per un caso che capitava a tanti, forse a tutti, avrebbe anzi suscitato irritazione e sdegno in quei cinque viaggiatori, che non si mostravano abbattuti e vinti come lei nel cordoglio, pur avendo anch'essi probabilmente uno o più figliuoli alla guerra. Ma forse il marito parlava apposta e dava quei ragguagli del figlio unico e della partenza improvvisa dopo tre soli giorni, ecc., perchè gli altri ripetessero a lei con dura freddezza tutte quelle parole ch'egli andava dicendo da alcuni mesi, cioè da quando il figliuolo era sotto le armi; e non tanto per confortarla e confortarsi, quanto per persuaderla dispettosamente a una rassegnazione per lei impossibile.

Difatti quelli accolsero freddamente la spiegazione. Uno disse:

— Ma ringrazii Dio, caro signore, che parta soltanto adesso il suo figliuolo! Il mio è già su dal primo giorno della guerra. Ed è stato ferito, sa? già due volte. Per fortuna, una volta al braccio, una volta alla gamba, leggermente. Un mese di licenza, e via! Di nuovo al fronte.

Un altro disse:

— Ce n'ho due, io. E tre nipoti.

— Eh, ma un figlio unico.... — si provò a far considerare il marito.

— Non è vero, non lo dica! — lo interruppe quello sgarbatamente. — S'avvizia un figlio unico, ma non s'ama mica di più! Un pezzo di pane, quando s'hanno più figliuoli, tanto a ciascuno, va bene; ma non l'amore paterno: a ciascun figliuolo un padre dà tutto quello di cui è capace. E s'io peno adesso, non peno metà per l'uno, metà per l'altro; peno per due.

— È vero, sì, quest'è vero, — ammise con un sorriso timido, pietoso e impacciato il marito. — Ma guardi.... (siamo a discorso, adesso.... e facciamo tutti gli scongiuri....) ma ponga il caso.... non il suo, per carità, egregio signore.... il caso d'un padre ch'abbia più figliuoli alla guerra.... ne perde (non sia mai!) uno.... gli resta l'altro almeno!

— Già, sì; e l'obbligo di vivere per quest'altro, — affermò subito, accigliato, quello. — Il che vuol dire che se a lei.... non diciamo a lei, a un padre che abbia un solo figliuolo, càpita il caso che questo gli muoja, se della vita lui non sa più che farsene, morto il figliuolo, se la può togliere, e addio; mentr'io, capisce? bisogna che me la tenga io, la vita, per l'altro che mi resta; e il caso peggiore dunque è sempre il mio!

— Ma che discorsi! — scattò a questo punto un altro viaggiatore, grasso e sanguigno, guardando in giro coi grossi occhi chiari acquosi e venati di sangue.

Ansimava, e pareva gli dovessero schizzar fuori, quegli occhi, dalla interna violenza affannosa d'una vitalità esuberante, che il corpaccio disfatto non riusciva più a contenere. Si pose una manona sformata innanzi alla bocca, come assalito improvvisamente dal pensiero dei due denti che gli mancavano davanti: ma poi, tanto, non ci pensò più e seguitò a dire, sdegnato:

— O che i figliuoli li facciamo per noi?

Gli altri si sporsero a guardarlo, costernati. Il primo, quello che aveva il figlio al fronte fin dal primo giorno della guerra, sospirò:

— Eh, per la patria, già....

— Eh, — rifece il viaggiatore grasso, — caro signore, se lei dice così, per la patria, può parere una smorfia!

Figlio mio, t'ho partorito
per la patria e non per me....

Storie! Quando? Ci pensa lei alla patria, quando ha fatto un figliuolo? Roba da ridere! I figliuoli vengono, non perchè lei li voglia, ma perchè debbono venire; e si pigliano la vita; non solo la loro, ma anche la nostra si pigliano. Questa è la verità. E siamo noi per loro; mica loro per noi. E quand' hanno vent' anni.... ma pensi un po', sono tali e quali eravamo io e lei quand'avevamo vent'anni. C'era nostra madre; c'era nostro padre; ma c'erano anche tant'altre cose, i vizii, la ragazza, le cravatte nuove, le illusioni, le sigarette, e anche la patria, già, a vent'anni, quando non avevamo figliuoli; la patria che, se ci avesse chiamati, dica un po', non sarebbe stata per noi sopra a nostro padre, sopra a nostra madre? Ne abbiamo cinquanta, sessanta, ora, caro lei: e c'è pure la patria, sì; ma dentro di noi, per forza, c'è anche più forte l'affetto per i nostri figliuoli. Chi di noi, potendo, non andrebbe, non vorrebbe andare a combattere invece del proprio figliuolo? Ma tutti! E non vogliamo considerare adesso il sentimento dei nostri figliuoli a vent'anni? dei nostri figliuoli che per forza, venuto il momento, debbono sentire per la patria un affetto più grande che per noi? Parlo, s'intende, dei buoni figliuoli, e dico per forza, perchè davanti alla patria, per essi, diventiamo figliuoli anche noi, figliuoli vecchi che non possono più muoversi e debbono restarsene a casa. Se la patria c'è, se è una necessità naturale la patria, come il pane che ciascuno per forza deve mangiare, se non vuol morire di fame, bisogna che qualcuno vada a difenderla, venuto il momento. E vanno essi, a vent'anni, vanno perchè debbono andare e non vogliono lagrime. Non ne vogliono perchè, anche se muojono, muojono infiammati e contenti. (Parlo sempre, s'intende, dei buoni figliuoli!) Ora quando si muore contenti, senz'aver veduto tutte le bruttezze, le noje, le miserie di questa vitaccia che avanza, le amarezze delle disillusioni, o che vogliamo di più? Bisogna non piangere, ridere.... o come piango io, sissignori, contento, perchè mio figlio m'ha mandato a dire che la sua vita — la *sua,* capite? quella che noi dobbiamo vedere in loro, e non la *nostra* — la sua vita lui se l'era spesa come meglio non avrebbe potuto, e che è morto contento, e che io non stessi a vestirmi di nero, come difatti lor signori vedono che non mi sono vestito.

Scosse, così dicendo, la giacca chiara, per mostrarla; le labbra livide sui denti mancanti gli tremavano; gli occhi, quasi liquefatti, gli sgocciolavano; e terminò con due scatti di riso che potevano anche esser singhiozzi:

— Ecco.... ecco....

Da tre mesi quella madre, lì nascosta sotto la mantiglia, cercava in tutto ciò che il marito e gli altri le dicevano per confortarla e indurla a rassegnarsi, una parola, una parola sola che, nella sordità del suo cupo dolore, le destasse un'eco, le facesse intendere come possibile per una madre la rassegnazione a mandare il figlio, non già alla morte, ma solo a un probabile rischio di vita. Non ne aveva trovata una, mai, tra le tante e tante che le erano state dette. Aveva ritenuto perciò che gli altri parlavano, potevano parlare a lei così, di rassegnazione e di conforto, solo perchè non sentivano ciò che sentiva lei.

Le parole di questo viaggiatore, adesso, la stordirono, la sbalordirono. Tutt'a un tratto comprese che non già gli altri non sentivano ciò che ella sentiva; ma lei, invece, lei non riusciva a sentire qualcosa che tutti gli altri sentivano e per cui potevano rassegnarsi, non solo alla partenza, ma ecco, anche alla morte del proprio figliuolo.

Levò il capo, si tirò sù dall'angolo della vettura ad ascoltare le risposte che quel viaggiatore dava alle interrogazioni dei compagni sul quando, sul come gli fosse morto quel figliuolo, e trasecolò, le parve d'esser piombata in un mondo ch'ella non conosceva, in cui s'affacciava ora per la prima volta, sentendo che tutti gli altri non solo capivano, ma ammiravano anzi quel vecchio e si congratulavano con lui che poteva parlare così della morte del figliuolo.

Se non che, all'improvviso, vide dipingersi sul volto di quei cinque viaggiatori lo stesso sbalordimento che doveva esser sul suo, allorquando, proprio senza che ella lo volesse, come se veramente non avesse ancora inteso nè compreso nulla, saltò su a domandare a quel vecchio:

— Ma dunque.... dunque il suo figliuolo è morto?

Il vecchio si voltò a guardarla con quegli occhi atroci, smisuratamente sbarrati. La guardò, la guardò, e tutt'a un tratto, a sua volta, come se soltanto adesso, a quella domanda incongruente, a quella meraviglia fuor di posto, comprendesse che alla fine, in quel punto, il suo figliuolo era veramente morto per lui, s'arruffò, si contraffece, trasse a precipizio il fazzoletto dalla tasca e, tra lo stupore e la commozione di tutti, scoppiò in acuti, strazianti, irrefrenabili singhiozzi.

VISITARE GL'INFERMI.

In meno d'un'ora per tutto il paese si sparse la notizia che Gaspare Naldi era stato colpito d'apoplessia in casa del Cilento, suo amico, dal quale s'era recato per condolersi della recente morte del figliuolo.

Tutti, in prima, più che afflizione ne provarono sbigottimento e ciascuno con ansia domandò più precisi particolari. Ma la prima costernazione fu presto ovviata dalla riflessione confortante che il Naldi, quantunque di florido aspetto e ancor giovane, era pur dentro minato da incurabile malattia cardiaca. Sicchè, via! poteva aspettarsi da un momento all'altro, poverino, una fine così.

I primi visitatori, amici e conoscenti, accorsero alla casa del Cilento ansanti, pallidi, con occhi da spiritati. — “Non è ancor morto?„ — Volevano vederlo.

Porta, usci, finestre — tutto spalancato. E nelle camere, fra il trambusto, pareva spirasse nell'ombra dalle poltroncine vestite di tela bianca un fresco refrigerante per chi veniva da fuori, ove il sole d'agosto ardeva fierissimo. E un odor di garofani, in quel fresco d'ombra.... — ah! delizioso.

Per la scala, una frotta di curiosi, gente del vicinato, uomini, donne, ragazzi, intenti a spiare chi saliva e chi scendeva; a coglier di volo qualche notizia. Un bambino s'affannava a salire e a ridiscendere gli scalini troppo alti per lui e, reggendosi con una manina paffuta al muro, a ogni scalino, rimbalzando tutto fin nelle gote e sorridendo con la boccuccia sdentata, emetteva una vocina frale:

— E-èh!

Puteva di piscio, carinello, ma non lo sapeva.

Altri due ragazzi, giocando tra loro a piè della scala, vennero a lite; la madre allora, tra gli zittii della ressa, dovette scendere e portarseli via. Li picchiò, appena fuori, stizzita di non poter assistere per causa loro a quello spettacolo.

— Ah, i figli, che croce!

Dopo l'umile saletta, un modestissimo salotto: in mezzo a questo, un letto, messo su alla meglio, tra la fretta e lo spavento.

I primi visitatori si spinsero a guardare, uno dietro l'altro, di su la soglia dell'uscio; ma non poterono vedere che le gambe del moribondo, intere fino al grosso volume paonazzo e villoso degli organi genitali; e si strinsero tra loro istintivamente dal ribrezzo che pur li attirava a guardare. Due infermieri avevano sollevato il lenzuolo da piedi, e lo reggevano alto, in modo da impedir la vista del volto a chi guardasse dall'uscio.

— Ma che gli fanno? Perchè? — domandò qualcuno.

Nessuno lo seppe dire. Unica risposta, di là dal lenzuolo levato, il rantolo del moribondo, che pareva si lagnasse così d'una crudele e sconcia violenza che stessero a fargli inutilmente, profittando che non si poteva più muovere.

Intanto, altri visitatori sopraggiungevano.

Un medico, il più vecchio dei tre che stavano attorno al letto, disse alla fine con voce imperiosa:

— Signori, troppi fiati qua dentro!

I visitatori si ritrassero a parlottare nell'attigua saletta, atteggiati in volto d'un cordoglio misto a una certa ambascia indefinita, guardinga.

I nuovi venuti domandavano ansiosamente notizie:

— Com'è stato? Quando è stato?

E l'avvenimento uscì a poco a poco dal vago delle prime notizie, si precisò, forse allontanandosi dal vero. Alcuni particolari di nessuna importanza risaltarono e si dipinsero con tanta evidenza agli occhi di tutti, che ciascuno poi, rifacendo il racconto, non potè più fare a meno di riferirli con le medesime parole, allo stesso punto, con la medesima espressione e lo stesso gesto: il particolare, per esempio, del bicchier d'acqua chiesto dal Naldi alla serva del Cilento nel sentirsi venir male, e che poi non potè bere.

— Ah no?

— Non potè berlo!

— Io sono venuto, — diceva Guido Póntina, ricco proprietario e assessore del Comune, — mezz'ora appena dopo il colpo.

— Ma che fece, scusi? cadde proprio per terra? — domandò il piccolo De Petri, afflitto, malaticcio, felice in quel momento di poter rivolgere la parola a un personaggio di conto come il Póntina.

— Stramazzò. Ma io lo trovai già adagiato su quella poltrona, — rispose il Póntina, rivolgendosi però agli altri.

Si voltarono tutti a guatar quella poltrona che se ne stava lì in un angolo all'ombra, vecchia, stinta, pacifica.

— Ancora, — riprese il Póntina, — i sensi non li aveva perduti del tutto. — " Animo, Gaspare! „ — gli dissi. — " Vedrai che non è nulla! „ — Ma lui, che non poteva più parlare, con la sinistra illesa si prese il braccio destro morto, così.... e si mise a piangere.

— Il braccio soltanto.... morto? — domandò un giovine biondo, molto pallido, intentissimo al racconto.

— E la gamba, si sa. Tutto il lato destro. Colpo a sinistra, paralisi a destra.

Questa cognizione medica il Póntina se la lasciò cader dalle labbra con aria d'umile superiorità verso gli altri ascoltatori, come una cosa, oh Dio, naturalissima, ch'egli sapesse da tanto tempo: l'aveva appresa invece un momento prima dai medici, e ora se ne faceva bello con quegli ignari, allo stesso modo che dell'essere accorso tra i primi, dell'aver visto ancora sulla poltrona il Naldi, e del cenno che questi gli aveva fatto del suo braccio morto.

— Sì, era venuto stamani dalla campagna.... — narrava in un altro crocchio vicino l'avvocato Filippo Deodati, alto, magro, diafano, fortemente miope. Parlando, in pensiero com'era sempre delle parole da usare e dell'efficacia dei gesti, intercalava a quando a quando pause sapienti, anche per dar tempo a chi l'ascoltava d'assaporare quel suo parlar dipinto. — Sapete, la sua deliziosa villa in Val Mazzara.... che aria! Sarà circa a tre chilometri da qui....

— Tre? dici quattro.... no, più! più! — corresse uno degli ascoltatori, come se con quei "più! più!" lo aizzasse a dir più presto.

Ma il Deodati gli sorrise e seguitò placido:

— E abbondiamo: cinque? tanto peggio! Ora figuratevi: due ore, per lo meno, sotto questo sole d'agosto.... nella calura asfissiante.... per lo stradone.... erto così.... su un baroccino tirato da un'asina vecchia!

Uno, allora, esclamò, con gesto quasi di rabbia:

— Pazzie!

— E dicono, — aggiunse subito un altro, — che, entrato in paese, fu visto da un suo parente....

— No, che parente! — corresse un terzo, come se volesse mangiarselo. — Scardi.... Nicolino Scardi, perdio! Me l'ha detto lui stesso....

— Io so un parente....

— Scardi, ti dico, perdio! me l'ha detto lui stesso. Lo vide che frustava alla disperata l'asinella. Voleva raggiungere, chi sa perchè, la postale di Siculiana. — “Gaspare! Gaspare!„ — gli gridò anzi Nicolino. — “E piano! così l'ammazzi!„ — “Lasciami correre!„ — gli rispose lui. — “Mi fa bene!„

— E correva alla morte! — sospirò, guardando tutti a uno a uno, un ometto calvo, panciutello, che arrivava sì e no ad afferrarsi le manocce pelose dietro la schiena.

— Fece dunque — riprese il Deodati — la sua visita di condoglianza al buon Cilento, per cui era salito dalla campagna. Aveva già terminato la visita.... stava per andarsene.... quando qui appunto, in questa saletta qui, lì a quel posto.... la serva del Cilento lo trattenne per raccomandargli.... non so.... un suo nipote falegname.... Il povero Gaspare, col cuore che gli conosciamo tutti, prometteva ajuto.... protezione.... sapete come faceva lui.... che si stropicciava sempre, parlando, la palma della mano qui sul fianco.... Tutto a un tratto.... che è?... si sente venir male.... dice: — “Per favore, un bicchier d'acqua....„ — La serva corre in cucina, torna col bicchiere, glielo porge.... lui fa per recarsi il bicchiere alle labbra.... non può.... la mano, invece d'andare in su, gli va in giù.... così.... così.... tremando e versando l'acqua.... il bicchiere gli cade di mano.... i ginocchi gli si piegano.... e stramazza....

— O-òh! guardate, — suggerì piano l'ometto calvo, accostandosi, con un dito della manoccia teso, — lì, guardate.... i cocci del bicchiere.... lì....

Tutti si voltarono a guatar costernati quei cocci nell'angolo, come dianzi quegli altri la poltrona. Ma giunse in quella dalla stanza del moribondo un puzzo intollerabile, che fece arricciare il naso a tutti.

— Buon segno! — esclamò qualcuno, avviandosi per recarsi in un'altra stanza. — Si scàrica....

Parecchi confermarono:

— Buon segno, sì.... buon segno!

E tutti, turandosi il naso, seguirono il primo.

Stavano in quell'altra camera i parenti del moribondo; il fratello Carlo, un nipote, un cognato e lo zio canonico, insieme con altri visitatori, tutti in silenzio.

Si rispondeva ai saluti, fatti a bassa voce, o con gli occhi o con un lieve cenno della mano o del capo. Carlo Naldi, come se i sopraggiunti fossero venuti a dirgli: — “Tuo fratello è guarito, cammina....” — scattò in piedi per recarsi dal moribondo. Alcuni si provarono a trattenerlo.

— No, lasciatemi. Voglio vederlo....

E andò seguito dal figlio.

Anch'essi, entrando, si turbarono al puzzo pestifero; ma si trattennero presso il letto e sorvegliarono gl'infermieri, perchè il letto e il giacente fossero ripuliti a dovere. Poi fecero dare una spruzzata d'aceto alla camera.

Gaspare Naldi, di colossale statura, sorretto il busto da una pila di guanciali, con una vescica di ghiaccio in capo, il volto paonazzo, aveva schiuso gli occhi insanguati e guardava come invano, per quanto un po' accigliato, quasi per uno sforzo di riconoscere colui che s'era chinato sul letto a spiarlo negli occhi.

— Gaspare! Gaspare! — chiamò il fratello, con la speranza, nella voce, che il colpito lo udisse.

Ma il morente seguitò a guardarlo ancora un pezzo, accigliato; poi contrasse, come in un mezzo sorriso, la sola guancia sinistra e aprì alquanto la bocca da questo lato; si provò a far più volte spracche con la lingua inceppata, come se volesse inghiottire, ed emise un suono inarticolato, tra il gemito e il sospiro, richiudendo lentamente le pàlpebre.

— M'ha riconosciuto! — disse allora piano Carlo Naldi agl' infermieri seduti alle sponde del letto, quasi non credendo a sè stesso. — Vuol parlare, e non può! M'ha riconosciuto!

Sopraffatto di nuovo dal coma, il moribondo si rimise subito dopo a rantolare.

— Dottore, ha visto? M'ha riconosciuto! — ripetè il Naldi al giovine medico Matteo Bax lasciato di guardia dagli altri tre medici curanti.

— Come no? Sissignore! — disse il Bax, sorgendo in piedi militarmente e sgranando gli occhi ceruli, vitrei, da matto.

— Stia, stia seduto....

— No, dovere, che c'entra? La conoscenza, nossignore, non l'ha perduta ancora del tutto. Ogni tanto, qualche lucido intervallo....

— C'è speranza, dunque?

— Il caso è grave.... io parlo franco, sa? ma le speranze, nossignore, chi lo dice? non sono perdute.... Ancora io non dispero, ecco. Però è un caso d'embolìa cerebrale, e....

— Ah, — fece, accostandosi con timida curiosità, in punta di piedi, il Deodati, venuto dall'altra stanza per assistere, non ostante il puzzo, alla scena commovente tra i due fratelli. — Non è colpo apopletico?

— Embolìa cerebrale, — ripetè a bassa voce il dottor Bax, come confidasse un gran segreto, e spiegò brevemente la parola e il male.

Il Deodati uscì dal salotto e si recò a raggiungere gli amici nell'altra stanza.

— Speriamo che di qui a domattina si risolva, — continuò il Bax. — Vigoroso.... un gigante.... Eh, dovrà stentare la morte ad abbatterlo.... Noi intanto non abbiamo nulla da fare.... parlo franco io.... Assecondiamo la natura.... questo il nostro còmpito, ecco! Da un momento all'altro potrebbe determinarsi una crisi benefica.....

S'accostò al letto e consultò il polso del giacente.

— I polsi si mantengono.... Applicheremo più tardi due carte senapate ai piedi. Me l'hanno lasciato detto i miei colleghi. Non mi prendo nessuna libertà, io.

Il Bax era all'inizio della carriera, e però costretto a codiare un po' l'uno, un po' l'altro dei medici più accontati, tutti — s'intende — asini per lui. Mah.... Riteneva una fortuna l'essere stato chiamato in quell'occasione, al letto d'uno in vista come il Naldi; gli conferiva una certa importanza e l'avrebbe rialzato nel concetto di tanta gente che affluiva d'ora in ora a visitar l'infermo, cui egli per ciò assisteva col massimo zelo. Nel vederlo così faccente attorno al letto, nessuno (egli credeva) avrebbe sospettato che gli altri medici curanti lo avessero chiamato unicamente perchè lo sapevano resistentissimo al sonno.

— Sentite, eh? Ma se lo supponevo io!... — diceva frattanto Filippo Deodati nell'altra stanza. — Ma che colpo apopletico d'Egitto! Possibile.... così, un colpo? È caso d'embolìa.... un caso d'embolìa cerebrale, bello e buono, di quelli genuini.... tipico, via!

— Com'hai detto? — domandarono alcuni.

— Embolìa? Che significa? — domandarono altri.

— Eh, dal greco.... ἐμβολή.... perdio, me ne ricordo ancora dal liceo.... Quando la circolazione del sangue non si svolge più regolarmente, perchè il cuore, capite, è indebolito, che avviene? avviene che nel cuore si formano certi.... grumi di sangue.... grumi, grumi.... Qualche volta uno di questi grumi si stacca dal cuore, capite? e gira.... Oh!... fino a tanto che incontra vasi capaci, questo grumo, naturalmente, passa; ma quando poi arriva al cervello dove i vasi sono più fini d'un capello.... eh, allora..... ἐμβολή: *interponimento*.... — mi spiego? — avviene l'arresto e il colpo.

Gli ascoltatori si guardarono l'un l'altro negli occhi senza fiatare, come colpiti tutti dall'oscura minaccia di quel male. Un piccolo grumo! Si stacca.... gira.... e poi.... *embolè, interponimento*.... Da che dipende la vita d'un uomo! Può accadere a tutti un caso simile....

E ciascuno pensò di nuovo a sè, alle condizioni della propria salute, guardando con crudeltà quelli tra gli astanti che si sapevano di salute cagionevole. Uno tra questi, dalle spalle in capo, quasi senza collo, sempre acceso in volto, più miope del Deodati, sospirò agitando sotto gli sguardi dei radunati più volte di seguito le pàlpebre dietro le lenti che gli rimpiccolivano gli occhi.

— Intanto, — seguitò il Deodati, — se l'arresto non si risolve prima delle ventiquattr'ore, la parte cerebrale non nudrita degenera, capite? e avviene il rammollimento....

— Povero Gaspare! — esclamò con angoscia intensa, esasperata, l'uomo miope senza collo.

E l'ometto calvo, panciutello, osservò, facendo rincorrere i pollici delle manocce pelose, che lì, sul ventre, poteva facilmente intrecciarsele:

— Che processo crudele di causa e d'effetti! Il bimbo morto del Cilento si chiama dietro un uomo qua, padre di sei altri bambini....

L'osservazione piacque, e tutti i presenti scossero malinconicamente il capo.

— Sei? Dica sette! — corresse uno. — La povera moglie è incinta di nuovo....

Poi si guardò attorno e domandò:

— Non si potrebbe avere un bicchier d'acqua? Che sete!...

— Pensare, — sospirò Guido Póntina, — che a quest'ora sarebbe laggiù in campagna, tra la sua famiglia, in mezzo ai suoi contadini, come tutti gli altri giorni.... Maledetto il momento che gli venne in mente di salire in paese quest'oggi! Perchè, sentite: è vero purtroppo e non si nega ch'era continuamente sotto la minaccia di.... di questo grumo che dice Deodati.... ma probabilmente, probabilissimamente, senza la causa determinante di queste due ore di sole, tra le scosse e gli sbalzi del baroccino....

— Eh, ma se voi del municipio, — lo interruppe il Deodati a questo punto, — non ci volete pensare a riparar lo stradone....

— Come no? — rispose vivamente il Póntina. — Ci s'è pensato!

— Sì! Avete fatto scaricare i mucchi del brecciale.... per dar modo ai ragazzi di fare alle sassate.... Chi li stende? Debbono stendersi da sè?

— Basta, certamente, — interloquì per metter pace l'ometto calvo, — il povero Naldi avrebbe potuto vivere due, tre, cinque.... magari dieci anni ancora....

— Si sa! Certo! È così! — approvarono a bassa voce alcuni.

— Contradizioni inesplicabili! — esclamò il Deodati. — Ma già.... è inutile! La fatalità.... Si ha un bel guardarsi di tutto e aver cura timorosa.... e meticolosa, della propria salute.... arriva il giorno destinato, e addio....

L'uomo miope, senza collo, a questa osservazione si alzò; sbuffò forte, approvando col capo; non ne poteva più; e andò ad affacciarsi al balcone. Gli pareva che tutti, parlando del Naldi, leggessero la condanna a lui. Eppure non se ne andava; restava lì, come se qualcuno ve lo costringesse.

Altri del crocchio si opposero all'osservazione del Deodati, e allora venne fuori, intercalata d'aneddoti personali, la vita del Naldi in quegli ultimi anni, da che egli cioè, guarito miracolosamente d'una polmonite, s'era ritirato in campagna con la famiglia, per consiglio dei medici, i quali gli avevano assolutamente proibito d'attendere agli affari. Per qualche tempo il Naldi, sì, aveva seguìto la prescrizione, vivendo come un patriarca in mezzo alla numerosa famiglia e ai contadini, curando scrupolosamente la salute. S'era finanche provvisto d'una piccola farmacia e d'una bibliotechina medica, con l'ajuto delle quali s'era dilettato di tanto in tanto, a un bisogno, a far da medico alla moglie, ai figliuoli, ai contadini suoi dipendenti, là a Val Mazzara.

— Che aria!

— E la villa, l'avete veduta? con quel magnifico pergolato....

— Era il suo orgoglio, quel pergolato!

— Dovette pagarla cara, quella terra, no?

— Ma no, che cara! Gliela vendette il Lopez, affogato, prima di fallire.... È che lui poi ci ha speso tanto....

— Gran lavoratore!

In quell'ultimo anno, difatti, contento della recuperata salute, aveva ripreso a lavorare, a cavalcare per mezze giornate per recarsi alle zolfare di sua proprietà; e a chi lo richiamava ai consigli dei medici, mostrava sotto la camicia una pelle di coniglio sul petto.

— E ne tengo un'altra dietro, a guardia delle spalle, — diceva. — Appena sudo, mi cambio. Ohè, sei figliuoli ho; non posso star mica dentro uno scaffale!

Con quella pelle di coniglio addosso si sentiva ormai invulnerabile, come se si fosse munito d'una corazza contro la morte, e questa superstiziosa fiducia lo rendeva imprudente e quasi felice.

— E intanto, in un attimo.... — concluse l'ometto calvo. — Chi sa a quanti contadini avrà lasciato detto stamane, prima di partire: « Per far questo o quest'altro, aspettate il mio ritorno.... ».

Il Pòntina approvò col capo, soddisfatto che si fosse tratta tanta materia di discorso da un'idea manifestata prima da lui.

Due o tre consultarono l'orologio. Era l'ora della cena pei più; ma nessuno avrebbe voluto andar via. La catastrofe poteva essere imminente.

Entrò nella stanza, un momento, il dottor Bax, e tutti si voltarono a guardarlo. Il piccolo De Petri, atteggiato di mestizia, gli domandò:

— A che siamo?

Il Bax aprì le braccia in risposta, chiudendo gli occhi e traendo un gran sospiro.

— Ma c'è tempo?

— Signor mio, non si può dire....

— Su per giù....

— Nulla.... nulla.... — rispose il giovane medico, infastidito. — Da un momento all'altro può sopravvenire la paralisi cardiaca. Se non sopravviene, ne avremo a lungo.

„Non chiamerei questo medico, neppure in punto di morte!„ disse tra sè il De Petri stizzito.

Alcuni si mossero per andar via: non potevano farne a meno: erano attesi in casa per la cena. Ma, prima d'andarsene, vollero rivedere il moribondo, ed entrarono nel salotto, col cappello in mano, in punta di piedi. Contemplarono un pezzo in silenzio il giacente, a cui il nipote introduceva tra le labbra, cautamente, un cucchiajo a metà pieno d'una mistura rosea. Il moribondo continuava a rantolar sordamente, facendo gorgogliar la mistura nella gola, come se si divertisse a fare un gargarismo.

Ritornarono poco dopo, per la visita serale, i tre medici curanti. A uno a uno, appena arrivati, consultarono a lungo i polsi del colpito, prima il destro, poi il sinistro, tra il silenzio religioso degli astanti che spiavano ogni loro movimento, come in attesa d'un responso fatale, inappellabile. Il giovine dottor Bax riferiva in breve a bassa voce ai tre colleghi, che dimostravano di non prestargli ascolto, lo stato dell'infermo durante la loro assenza.

— Zitto, collega: va bene! — disse, seccato, il più vecchio dei tre, e tirò giù il lenzuolo per osservare il petto e il ventre del moribondo agitati continuamente, per lo stento della respirazione, da conati quasi serpentini. Quella vista angosciò così gli astanti, che molti distrassero lo sguardo da quel ventre illuminato da una candela sorretta da un infermiere. Un altro dei medici, magro, rigido, impassibile, posò le dita nodose sull'attaccatura del collo, a sinistra, ove lenta e forte pulsava visibilmente l'arteria; poi, tutta la mano, sul cuore. Il terzo si mise a solleticar con un dito la pianta del piede destro, paralitico, per accertarsi se la sensibilità non fosse estinta del tutto.

Il medico magro rigido disse a uno degli infermieri:

— Avvicinate la candela.

E con due dita sollevò la pàlpebra dell'occhio destro già spento.

Poi, tutti e tre, seguiti dal giovane dottor Bax, si recarono al balcone, e vi sedettero al fresco a confabulare. Dopo alcuni minuti uno d'essi s'alzò e, accostandosi alla mensola, trasse dall'astuccio una siringhetta, la pulì, la provò due volte facendone sprillare un po' d'acqua; poi la riempì di caffeina e s'appressò al letto.

— La candela!

— Dottore, dottore, perchè prolungar così lo strazio di questa agonia? — gemette affannosamente lo zio canonico, impallidito alla vista dello strumento.

— È nostro dovere, signore, — rispose asciutto asciutto il medico, scoprendo la gamba del giacente.

— Ma lasciamo fare a Dio.... — insistè con voce piagnucolosa il canonico.

Il medico, senza dargli retta, cacciò l'ago nella gamba insensibile; e l'altro chiuse gli occhi per non vedere.

Poco dopo, lasciate al Bax alcune prescrizioni per la notte, i tre medici andarono via, seguiti da quasi tutti i visitatori.

Rimasero nel salotto i due infermieri e il canonico.

Ardeva sulla mensola una candela, la cui fiamma era continuamente agitata dalla brezza serale che entrava dal balcone.

Il volto del moribondo, al debole lume tremolante, pareva annerito sui bianchi guanciali. I peli dei baffi rossicci sembravano appiccicati sul labbro, come quelli d'una maschera. Sotto i baffi, dalla bocca aperta, un po' storta a destra, il rantolo usciva angoscioso e, sotto il lenzuolo, era palese l'orrenda fatica del ventre e del petto per la respirazione.

I due infermieri sedevano in ombra, silenziosi, alla sponda del letto: uno asciugava a quando a quando dalla fronte e dalle gote del giacente l'acqua che sgocciolava dalla vescica di ghiaccio; l'altro reggeva su le ginocchia un cuscino, sul quale il moribondo allungava, per ritrarla subito dopo irrequietamente, la gamba illesa.

Su un quadricello presso la mensola sorgeva un uccellaccio imbalsamato, dal collo e dalle zampe esili e lunghissimi, il quale pareva guardasse impaurito, con gli occhi di vetro, gli attori muti di quella lugubre scena.

A piè del letto, il canonico, curvo, le braccia appoggiate sulle gambe, le mani intrecciate, pregava con gli occhi chiusi, e sotto le pàlpebre, a tratti, si vedeva quasi fèrvere la muta preghiera.

Il trapunto della leggera cortina del balcone si disegnava lieve sulla blanda e chiara soffusione del chiaror lunare, alito di deliziosa frescura.

Il dottor Bax rientrò nel salotto, e notò subito che lo stento della respirazione cresceva di momento in momento. Già il volto del Naldi aveva assunto il caratteristico aspetto cianòtico: la bocca aperta sprofondava, e tra le ciglia appena schiuse e alle narici un che di muffito o di fuligginoso.

— Tenete sempre la vescica un po' a manca, così.... — disse a bassa voce agli infermieri.

Questi lo guardarono, come per domandargli se dicesse sul serio. Un piacere e nient'altro poteva essere, stare a guardare il moribondo con quella specie di berretto, a tocco di giudice, anzichè dritto, suile ventitrè. Ma già — si capiva — tanto per dire qualche cosa....

E infatti il dottor Bax, sapendo bene che non c'era più altro da fare, si recò al balcone.

Di lì, appoggiato alla ringhierina di ferro, contemplò a lungo l'ampia, aperta vallata che sotto il colle su cui sorge la città s'allarga degradando fino al mare laggiù in fondo, rischiarato quella sera dalla luna. Compreso dal mistero della morte, contemplò in alto gli astri impalliditi dal chiaror lunare. Ma nessuna relazione, veramente, agli occhi suoi tra quel cielo e quell'anima che agonizzava crudelmente dentro la stanza. Favole! Il Naldi sarebbe finito laggiù!.... E cercò con gli occhi, in un punto noto della vallata, la macchia fosca dei cipressi del camposanto. Laggiù.... laggiù.... tutto e per sempre. E, nella sincerità ancora illusa della sua giovinezza, immaginò, attraverso gli stenti superati per procacciarsi quella professione di medico, il suo còmpito in mezzo agli uomini: alleviare le sofferenze, allontanare la morte, l'orrenda fine, laggiù....

Fu scosso, a un tratto, da un borbottìo sommesso dentro la stanza. Un prete, dall'abito frusto inverdito, con un pajo di rozzi occhiali sul naso schiacciato, leggeva, curvo sul moribondo, in un vecchio e unto libricciuolo, intercalando frequentemente nella lettura ora un *Pater* ora un *Ave,* che i due infermieri e il canonico ripetevano a bassa voce. Terminata la preghiera, il prete, dagli occhi impassibili, s' infrociò una grossa presa di tabacco. Era stato chiamato per la notte come "ricordante" al capezzale del moribondo. Notava con soddisfazione che aveva ben poco da fare, poichè questo non era più in sensi. Di tanto in tanto una preghiera per accompagnare il trapasso, e *sufficit*. Si scosse con una mano un po' di tabacco dal petto, poi si rassettò la tonaca sulle gambe, poi si guardò le unghie e soffiò per il caldo.

— Caldo.... ah, caldo....

— Non si respira.... — disse uno degli infermieri.

Il dottor Bax rientrò dal balcone; guardò accigliato il prete che rispose allo sguardo con un sorriso triste e vano, e uscì dal salotto. Attraversando la sala d' ingresso, scorse nella parete a sinistra un uscio, a cui finora non aveva badato. L'uscio era socchiuso. Intravide una camera illuminata debolmente, in cui erano raccolte alcune donne in silenzio. Ne usciva in quel momento Carlo Naldi con in mano una tazza di brodo.

— Dottore, venga, — disse il Naldi. — Provi lei a farle prendere questo po' di brodo.

— Io? a chi? — domandò, confuso, il Bax.

— A mia cognata.

— Ah, la moglie.... è qua?

— Sì, venga.

Il Bax s'era sentito sempre a disagio in presenza delle donne; tuttavia, costretto, entrò premuroso:

— Dov'è? dov'è?

La moglie del moribondo sedeva su un seggiolone, con un gomito appoggiato sul bracciuolo e la faccia nascosta in un fazzoletto. Al richiamo insistente del dottore, mostrò il volto lungo, cereo, smunto. Pareva movesse con pena le pàlpebre: non aveva più forza neanche di piangere. Gli occhi le andarono all'uscio della camera rimasto aperto, e subito immaginò che il marito fosse morto e che già se lo fossero portato via, in chiesa. Rassicurata, si lasciò piegare dalla voce estranea del medico a mandar giù qualche sorso di brodo, ma subito reclinò il volto sul fazzoletto, come se stesse per rigettarlo, e allungò l'altra mano per allontanare la tazza. Nondimeno, il dottor Bax uscì dalla camera molto soddisfatto di sè, quasi convulso, e appena nella saletta d'ingresso si fermò perplesso, un tratto, a grattarsi la fronte, come per rendersi conto di quella sua soddisfazione, di cui non vedeva bene il perchè.

A sera inoltrata si riunirono di nuovo nell'altra stanza quasi tutti i visitatori del giorno.

Alcuni, tra i celibi, si proponevano di rimaner l'intera notte colà, dato che il Naldi non fosse morto prima di giorno; gli altri si sarebbero trattenuti fino al più tardi possibile: e chi sa, forse avrebbero assistito anche loro alla morte, che pareva dovesse avvenire da un momento all'altro. Del resto, fuori, in città, non si sarebbe trovato modo di passar la serata.

All'avvocato Filippo Deodati avvenne di poter rifare il racconto della visita del Naldi al Cilento, col particolare saliente del bicchier d'acqua, a un nuovo visitatore, il quale, arrivato la sera stessa da un paese vicino, era accorso alla notizia così come si trovava, con gli stivaloni, il fucile appeso alla spalla e la cartucciera al ventre. Costui non sapeva ancora accordarsi bene al contegno degli altri, parlava un po' troppo forte, mostrava ancor troppo viva la sorpresa, l'afflizione, l'ansia di sapere, in mezzo agli altri che si tenevano silenziosi e circospetti, rispondendo alle sue domande o con un moto degli occhi o con un sospiro.

Appena entrato nel salotto, alla vista del moribondo, il nuovo visitatore s'era impuntato per istintivo orrore; poi, pian piano, s'era accostato al letto, osservando paurosamente il Naldi.

— Perchè fa così? — domandò a un infermiere.

Il moribondo, sempre più angosciato, agitava senza requie la mano sinistra illesa; riusciva talvolta a sollevare e a trarsi giù dal petto il lembo rimboccato del lenzuolo; tal'altra, non riuscendovi, levava il braccio a vuoto, con l'indice e il pollice della mano convulsa congiunti, quasi in atto di spaventosa minaccia.

Il nuovo visitatore n'era rimasto atterrito.

— Perchè fa così? — domandò di nuovo.

— Vuol togliersi la vescica dal capo, — rispose l'infermiere.

— Ma che! Non gli dar retta! — interloquì Filippo Deodati. — Movimenti riflessi....

— Se l'è già tolta due volte! — insistè l'infermiere.

Il Deodati lo guardò con aria di commiserazione.

— E che significa? Movimenti riflessi.... Non sa più quel che si faccia.... Ha già perduto i centri frenici: è evidente. A prestare un po' d'attenzione ci s'accorge che fa tre movimenti soli, costantemente gli stessi....

E pareva, nel dar questi schiarimenti, assaporasse uno di quei piaceri che avvengono proprio di rado, almeno dal modo con cui accarezzava con la voce quei termini di scienza: " movimenti riflessi, centri frenici ".

Entrò, in quella, a tempesta il piccolo De Petri, annunziando:

— Il deputato! Il deputato! L'onorevole Delfante!

E corse nell'altra stanza a ripetere l'annunzio:

— L'onorevole Delfante! L'ho visto io dalla finestra!

Carlo Naldi posò il sigaro e accorse nella saletta, seguìto da molti altri, per accogliere il deputato:

— Dov'è? dov'è?

L'onorevole Delfante era già entrato nel salotto coi due che l'accompagnavano, il consigliere delegato della Prefettura e il funzionante sindaco. Al suo arrivo i due infermieri sorsero in piedi, a capo scoperto, come davanti a un re, e anche il prete s'alzò e si trasse indietro.

La vista del moribondo, al debole lume tremolante della candela, era divenuta insostenibile: quel corpo gigantesco, a cui la morte teneva adunghiato il cervello, si contorceva orribilmente nella lotta incosciente, tremenda, delle ultime forze — e respirava ancora!

Non di meno, l'onorevole Delfante, con le ciglia aggrottate, le mani dietro la schiena, sostenne a lungo lo strazio di quello spettacolo. Strinse forte la mano a Carlo Naldi, senza dir nulla, e si volse di nuovo a contemplare il giacente, ch'era stato suo amico d'infanzia e compagno di scuola. Tra le mille seccature, le ansie, le smanie dell'ambizione, — ecco l'immagine di un'improvvisa morte! — E scosse amaramente il capo, con gli angoli della bocca contratti in giù.

— Che siamo! — mormorò, e uscì, a capo chino, dalla camera del moribondo, per recarsi nell'altra stanza, seguìto da quasi tutti i presenti a quella scena.

Eran tutti inorgogliti di quella degnazione dell'onorevole deputato, e beati della fortuna d'averlo lì con loro. Gli fu porto da sedere nel balcone, al fresco, e molti gli si strinsero attorno, in silenzio. Quindi, prima uno, poi un altro, gli rivolsero qualche domanda a bassa voce, alla quale egli non seppe tenersi dal rispondere. Poco dopo la conversazione navigava per l'agitato mare della politica, dietro la sconquassata nave ministeriale, di cui il Delfante era fedele pòmpilo seguace, tra le torbide onde delle questioni economiche e sociali.

Il fratello del moribondo si teneva discosto, seduto su una poltroncina: gli faceva male un dente, e fumava per stordire il dolore. Alcuni, vedendolo fumare, pensarono d'accendere il sigaro anche loro.

Soltanto il piccolo De Petri era in gran pensiero. Si doveva sì o no commissionare la cassa da morto? Nessuno ci pensava, e intanto.... Dove diavolo s'era cacciato quello sciocco presuntuoso del dottor Bax? E gli abiti per l'ultima vestizione? Al povero Naldi toccava anche di morire fuori della propria casa! Bisognava mandar qualcuno a cercare questi abiti. E un altro pensiero ancora: gli annunzi funebri, a stampa....

— Se non ci si pensa prima, a queste cose.... — diceva piano a tutti il piccolo De Petri.

S'era portato con sè il registro degli elettori del Comune, e su un tavolinetto, insieme col giovine biondo molto pallido, passava in rassegna e segnava col lapis il nome di coloro a cui si doveva inviare la partecipazione di morte del Naldi. In quella cernita la sua lingua maledica trovò quasi la pietra d'affilarsi. E, di tanto in tanto, a qualche nome, diceva:

— No, a questo cornuto, no!

E, a qualche altro:

— No, a questo ladro neppure!

L'onorevole Delfante sciolse finalmente la seduta; rientrò nella stanza e strinse di nuovo la mano a Carlo Naldi:

— Coraggio, fratello mio!

Prima d'andarsene, volle rivedere il moribondo. E al dottor Bax che gli stava accanto domandò:

— Se domani tornassi, lo troverei?

— Agonia lunga.... — rispose il Bax. — Ma, fino a domani, forse no!

— Speriamo! — sospirò l'onorevole Delfante. — Ormai la morte è cessazione di pena.

E andò via, tirandosi dietro gran parte dei visitatori.

Dopo la mezzanotte, eran rimasti soltanto in sei, oltre i parenti, il prete e il dottor Bax.

I parenti s'erano riuniti nell'altra camera, attorno alla moglie del moribondo. Nella stanza di questo i due infermieri accanto al letto dormicchiavano, e il prete, per non imitarli, infornava tabacco: aveva posato sul guanciale allato alla testa del giacente un piccolo crocifisso, sicuro che questo al morente, per la notte, potesse bastare.

Gli altri, nell'altra stanza, presso il balcone, comodamente sdrajati, conversavano tra loro fumando.

Una disputa s'era impegnata tra il Bax e l'avvocato Filippo Deodati intorno ad alcuni strani fenomeni spiritici esperimentati in quei giorni da un cultore fanatico di questa *nuova sollecitudine intellettuale* — come l'avvocato Deodati la definiva.

— Ciarlatanerie! — esclamò a un certo punto il Bax.

— Naturalissimo che tu dica così! — rispose con un sorrisetto il Deodati. — Anch'io, per altro, son quasi della tua opinione. Tuttavia penso, chi sa! è presunzione certo ritenere che l'uomo, con questi suoi cinque limitatissimi sensi e la povera intelligenza che gliene risulta.... possa.... dico, possa percepire.... e concepire tutta quanta la natura.... Chi sa quant'altre sue leggi.... quant'altre sue forze e vie ci restano ignote.... E chi sa se veramente.... dico, non si riesca a stabilire.... direi quasi un sesto senso.... mediante il quale non si rivelino a noi.... senza tuttavia riflettersi su la nostra coscienza (e perciò, badate, paurosamente) fenomeni inaccessibili nello stato normale.

— Già! — fece il Bax. — I tavolini giranti e parlanti.... Sesto senso? Autosuggestione, mio caro!

— Eppure! — sospirò il Deodati, che guardava ancora in giro gli amici per coglier l'effetto delle due prime parole. — Eppure.... ecco: io vorrei spiegarmi il perchè di certe nostre paure.... sì, dico.... la paura, per esempio, che ci fanno i morti.... Andresti tu, poniamo, domani o quando che sarà, a dormir solo, di notte, accanto alla cassa mortuaria del nostro povero Naldi, dentro la cattedrale, dove fosse soltanto un lampadino pendente dall'altissima vòlta, tra le grandi ombre, oppresso dalla poderosa solenne vacuità di quell'interno sacro? Oh Dio, il silenzio.... immagina!... e un topo che roda il legno d'un confessionale.... o d'una panca.... giù, in fondo.... sotto la cantoria....

— Dei morti, — disse con calma il Bax, — ho avuto paura anch'io che a buon conto, ohè, medico sono e di morti n'ho visti, come potete figurarvi....

— E tagliati....

— Anche. Veramente allora ero studente. Tu sai che mi son sempre levato all'ora dei galli. Basta, — " Matteo, — mi avevano detto la sera avanti alcuni miei colleghi, — tu che sei mattiniero, domattina di buon'ora va' ad accaparrarti con Bartolo alla Sala Anatomica un buon pezzo da studiare: testa e busto ". Bartolo era il bidello della Sala. Che tipo, se l'aveste conosciuto! Parlava coi cadaveri.... nettava a perfezione i teschi e se li vendeva cinque lire l'uno. Cinque lire, una testa d'uomo! Molte, tuttavia, vanno anche assai meno. Basta.... State a sentire, che vi racconterò come un morto mi spense la candela.

— La candela?

— La candela, sì. Accettai l'incarico dei miei compagni; e il giorno appresso, poco dopo le quattro, mi recai alla Sala. Il cancello innanzi al giardino, che circonda il basso edificio, era aperto, o meglio, accostato: segno, questo, che i becchini avevano già portato il carico alla Sala. Bartolo si vestiva nella stanzetta a sinistra dell'androne, la quale ha una finestra prospiciente il giardino. Io vidi, entrando, il lume attraverso le stecche della persiana. Contemporaneamente, Bartolo udì lo scalpiccìo de' miei passi sulla ghiaja del vialetto. — "Chi è là?" — Io, Bax. — "Ah, entri pure!" — Abbiamo di già? — "Abbiamo, sissignore. Ma la sala è al bujo. Abbia pazienza un momentino: son bell'e vestito." — Fa' pure con comodo. Ho con me la candela. — Entrai. Non ero mai entrato solo, a quell'ora, nella Sala. Paura no, ma vi assicuro che una certa inquietudine nervosa me la sentivo addosso, attraversando quelle stanze in fila, silenziose, rintronanti, prima di giungere alla Sala in fondo. Guardavo fiso la fiamma della mia candela, che riparavo con una mano per non veder l'ombra del mio corpo fuggente lungo le pareti e sul pavimento. I becchini avevano lasciato aperto l'uscio. Sei casse eran posate su le lastre di marmo dei tavolini. I cadaveri giungevano a noi dalle chiese, ancor vestiti, e tante volte anche coi fiori dentro. Un mio compagno, tra parentesi, non si faceva scrupolo di mettersi qualcuno di quei fiori all'occhiello o di comporne qualche mazzolino che poi regalava apposta alle belle donnine: — "Amore e morte!„ — diceva lui. Basta. Reggevo con una mano la candela; con l'altra scoperchiavo cautamente le casse e guardavo dentro. Chi arriva prima, si sceglie il meglio. Io cercavo un bel collo, un buon torace.... Apro la prima cassa. Un vecchio. Apro la seconda. Una vecchia. Apro la terza. Un vecchio. Mannaggia! Faccio per sollevare il coperchio della quarta e — *ffff!* — un soffio, che mi spegne la candela. Getto un grido, lascio il coperchio; la candela mi cade di mano. — Bartolo! Bartolo! — grido, atterrito, tremando, al bujo. Bartolo accorre col lume e mi trova.... pensateci voi! i capelli irti sulla fronte, gli occhi fuori dell'orbita. — "Ch'è stato?„ — Ah, Bartolo! Apri quella cassa!... — Bartolo apre, guarda dentro, poi guarda me: — "Ebbene? — mi fa. — Una bella ragazza....„ — Prendo animo e guardo dietro le sue spalle. — È morta? — Bartolo si mette a ridere. — "No, viva....„ — Non scherzare! M'ha spento la candela! — "Che ha fatto? Le ha spento la candela? Vuol dire che non voleva esser veduta da un giovanotto così coricata. Eh, poverina, di' un po', è vero?„ E, così dicendo, agitò più volte una mano cerea del cadavere. Bisognava sentire le sue risate, perchè prima le diceva, e poi ci rideva sopra: le sue risate, là, tra tutte quelle casse, mentre l'alba cominciava a stenebrare appena, scialba, umidiccia, l'ampia sala, a cui tutti i disinfettanti non riescono a togliere quell'orrendo tanfo di mucido....

— E che era accaduto? — domandarono due o tre, a questo punto, costernati, a Matteo Bax.

— Gas! — rispose questi con un gesto di noncuranza, e rise allegramente.

Uno degli infermieri, con gli occhi rossi dal sonno interrotto venne cempennante ad annunziare che il moribondo era gelato dai piedi al petto e bagnato di sudor freddo.

— Respira? — domandò il Bax.

— Sissignore, ma venga a vedere: pare strozzato.... Credo che ci siamo.

Il prete e l'altro infermiere, svegliati anch'essi di soprassalto, s'erano buttati in ginocchio e avevano subito attaccato con la lingua ancora imbrogliata la litania.

Entrò il Bax con gli amici rimasti a vegliare; alcuni s'inginocchiarono; il Deodati rimase in piedi col Bax, che s'accostò al moribondo per toccargli la fronte, se era gelata. Il piccolo De Petri restò nell'altra stanza intento ancora a scegliere i nomi dal registro degli elettori.

— *Sancta Dei Genitrix,*
— *Ora pro nobis....*
— *Sancta Virgo Virginum,*
— *Ora pro nobis....*

Tranne il prete, tutti tenevano gli occhi fissi al moribondo. Ecco come si muore! Domani, entro una cassa, e poi sotterra, per sempre! Per il Naldi era finita; e così sarebbe stato per tutti: su quel letto, un giorno, ciascuno — gelido, immobile — e intorno, la preghiera dei fedeli, il pianto dei parenti.

Dopo la fronte il dottor Bax venne a toccare i piedi del moribondo, poi le gambe, le cosce, il ventre, per sentire dov'era già arrivato il gelo della morte. Ma il Naldi respirava, respirava ancora: pareva singhiozzasse, così il rantolo gli scoteva la testa.

Nel silenzio della casa scoppiarono pianti. L'uscio su la saletta fu aperto di furia. Entrò nel salotto il fratello Carlo, a cui la commozione agitava convulsamente il mento e le pàlpebre. Subito il Bax accorse per trattenerlo sulla soglia.

— Mi lasci.... mi lasci.... — disse Carlo Naldi; ma, in quella, un émpito di pianto gli scoppiò di sotto il fazzoletto; e allora si ritrasse da sè per non interrompere la preghiera.

Poco dopo, il giacente fu scosso una, due,

tre volte, a brevi intervalli, da un conato rapido, serpentino; il rantolo si cangiò in ringhio e l'ultimo fu strozzato a mezzo dalla morte.

Gli astanti, che avevano seguìto atterriti quell'estrema convulsione, fissavano ora immobili il cadavere.

— Finito.... — fece a bassa voce il dottor Bax.

Il volto del Naldi si mutò rapidamente: da paonazzo diventò prima terreo, poi pallido.

Il piccolo De Petri accorse:

— Prima vestirlo! — disse agli infermieri. — Poi si farà vedere ai parenti. Prima vestirlo! Gli abiti? Sono di là. Aspettate. Ci ho pensato io.

— Senza fretta! senza fretta! — ammonì il dottor Bax. — Lasciate prima rassettare il cadavere....

— Intanto, come si fa? — riprese il De Petri. — Il signor Carlo vuole assolutamente che si facciano venire i figli del povero Gaspare.... almeno i due maggiori, dice, perchè vedano il padre....

— Ma no, perchè?. — osservò il Deodati, tutto compunto. — Perchè, poveri figliuoli?

— È la volontà dello zio.... Io, per me, non lo farei.... Ma insomma, chi va? chi corre?

— Bisognerà svegliarli a quest'ora, poveri

ragazzi! Non sanno nulla.... — seguitò afflittissimo il Deodati. — Condurli qua, a un simile spettacolo! Con che cuore?... Io non capisco.... M'opporrei!

— Vado io, — s' offerse uno degli infermieri.

Già rompeva l'alba, e la prima luce entrava squallida dal balcone spalancato a rischiarar torbidamente quella camera, in cui per uno perdurava la notte senza fine.

I due fanciulli, il maggiore di dodici anni, l'altro di dieci, arrivarono quando il padre era già vestito e impalato sul letto. Pallidi ancora di sonno, i due poveri piccini guardavano il padre con occhi sbarrati dal pauroso stupore, e non piangevano; si misero a piangere quando la madre irruppe e si buttò sul cadavere, disperatamente, senza gridare, vibrando tutta dal pianto soffocato con violenza, là, sull'ampio petto esanime del marito.

Il prete s'accostò afflitto per persuaderla a lasciare il cadavere.

— Via, via, signora, coraggio!... Per i suoi bambini, coraggio!

Ma ella si teneva avvinghiata a quel petto.

— La volontà di Dio, signora! — aggiunse il prete.

— No, Dio no! — gridò Carlo Naldi, stringendo un braccio al prete. — Dio non può voler questo! Lasci star Dio!

Il prete volse gli occhi al cielo e sospirò; mentre la vedova, a quelle parole, si mise a pianger forte insieme coi figliuoli.

— C'è di buono, — faceva intanto notare il piccolo De Petri al Deodati, — che non restano male, quanto a.... È sempre qualche cosa, nella tremenda sventura....

— Certo, certo.... Intanto, scappiamo! — gli rispose il Deodati. — Casco dal sonno.... Me la svigno zitto zitto....

— Te felice! — sospirò il De Petri. — Io non posso.... sono di casa....

— Levami una curiosità, ora che ci penso: il Cilento non s'è visto, dov'è? dove s'è cacciato?

— È alloggiato con la famiglia in una casa, qua, del vicinato.... Poveraccio, ha il suo dolore, per la morte del figliuolo; non gli è bastato l'animo d'assistere anche a quello degli altri....

Il Deodati, poco dopo, se la svignò insieme agli altri rimasti a vegliare. Cammin facendo, s'imbatterono in parecchi amici, tra i più mattinieri, che si recavano in casa del Cilento.

— Finito! Finito! — annunziarono.

— Ah sì? Morto? Quando? — domandarono quelli, delusi.

— Adesso.... all'alba....

— Perbacco! Se venivamo un po' prima.... Voi l'avete veduto? Com'è morto?

— Ah, terribile, miei cari! — rispose il Deodati. — S'è contorto, scrollato tre volte, come un serpe.... Poi s'è cangiato subito in volto; è diventato terreo.... Andate, andate.... ci sarà da fare.... I parenti son rimasti soli.... Noi caschiamo dal sonno: abbiamo vegliato tutta la notte.... Andate, andate....

Quei mattinieri fecero le viste d'andare. Ma, arrivati a un certo punto, si confessarono a vicenda di non aver cuore d'assistere allo strazio della vedova e degli altri parenti. Qualcuno manifestò il timore di riuscire importuno; altri l'inutilità della loro presenza.

Così nessuno andò.

Alcuni ritornarono a casa per rimettersi a dormire; altri vollero trar profitto dell'essersi levati così per tempo, facendosi una bella passeggiata per il viale all'uscita del paese, prima che il sole si fosse infocato.

— Ah, come si respira bene di mattina! Valgono più per la salute due passi fatti così di buon'ora, che camminare poi tutto il giorno in preda alle brighe quotidiane.

L'ABITO NUOVO.

Oh guarda, non ci aveva mai pensato il signor avvocato Boccanera. Ma come no? certissimo, uno dei tanti suoi abiti smessi, ancora in buono stato, avrebbe potuto regalarglielo. Non foss'altro, via, per un certo riguardo ai signori clienti che frequentavano lo studio. Non ci aveva mai pensato, perchè veramente — parola d'onore — non da lui soltanto, ma da tutti, quell'abito che il povero Crispucci indossava da tempo immemorabile non era più considerato come un vero e proprio abito, vale a dire come una cosa soprammessa al corpo, che si potesse cambiare, bensì come il pelame strappato e stinto d'un vecchio cane randagio, per esempio, o di qualche altra malinconica bestia, a piacere.

E poi, questione d'abitudine. S'era abituato

il signor avvocato Boccanera a vedere in Crispucci, suo scrivano e galoppino a 120 lire al mese, la perfetta immagine di quella miseria disperata che, a un certo punto, non vede più la ragione neanche di lavarsi la faccia ogni domenica. Così com'era, gli serviva a meraviglia. Bastava che gli dicesse, con un certo cenno degli occhi:

— Crispucci, eh?

E Crispucci capiva subito tutto.

Ora il signor avvocato Boccanera stava a tenergli un interminabile e amorevole discorso, e Crispucci, lì davanti la scrivania, tutto ripiegato e scivolante come un'S, le due lunghe braccia da scimmia ciondoloni, stava ad ascoltarlo, al solito, senza aprir bocca.

Cioè, no: la bocca, veramente, la apriva di tratto in tratto; ma non per parlare. Era una contrazione delle guance, o piuttosto, un'increspatura di tutta la faccia gialliccia, che — scoprendogli i denti — poteva parere una smorfia così di scherno come di spasimo, a sentir parlare il signor avvocato così amorevolmente; ma forse era soltanto d'attenzione, perchè insieme le pàlpebre gli si restringevano attorno ai chiari occhi squallidi e aguzzi. Se non era proprio di fastidio, perchè il signor avvocato intercalava senza risparmio in quel suo discorso un « voi capite », che a Crispucci doveva sonare insoffribilmente superfluo.

— Dunque, caro Crispucci, tutto considerato, vi consiglio di partire. Sarà per me un guajo serio; ma partite. Avrò pazienza per una quindicina di giorni. Eh, almeno.... quindici giorni almeno vi ci vorranno per tutte le pratiche e le formalità.... e anche perchè, mi figuro, venderete tutto, è vero?

Crispucci aprì le braccia, con gli occhi biavi fissi nel vuoto.

— Eh sì, vendere.... vi conviene vendere. Gioje, abiti, mobili.... Il grosso è qui, nelle gioje. Così a occhio, dalla descrizione dell'inventario, ci sarà da cavarne da sedici a diciotto mila lire; forse più. C'è anche un vezzo di perle.... Quanto agli abiti (voi capite) non li potrà certo indossare la vostra figliuola.... Chi sa che abiti saranno! Ma ne caverete poco, non vi fate illusioni. Gli abiti si svendono, anche se ricchissimi. Forse dalle pellicce — pare che ce ne sia una collezione — dalle pellicce forse sì, sapendo fare, qualche cosa caverete. Oh, badate: per le gioje, sarebbe bene che appuraste da quali negozianti furono acquistate. Forse lo vedrete dagli astucci. Vi avverto che i brillanti sono molto cresciuti di prezzo. E qui nell'elenco ce ne son segnati parecchi. Ecco: una spilla.... un'altra spilla.... anello.... anello.... un bracciale.... un altro anello.... ancora un anello.... una spilla.... bracciale.... bracciale.... Parecchi, come vedete.

A questo punto Crispucci alzò una mano. Segno che voleva parlare. Le rarissime volte che gli avveniva, ne dava l'avviso così. E questo segno della mano era accompagnato da un'altra increspatura della faccia, ch'esprimeva lo stento e la pena di tirar sù la voce dal cupo abisso di silenzio, in cui la sua anima era da tanto tempo sprofondata.

— Po.... potrei, — disse, — farmi ardito.... uno di.... uno di questi anelli.... alla signora....

— Ma no, che dite, caro Crispucci? — scattò il signor avvocato. — La mia signora.... vi pare? uno di quegli anelli....

Crispucci abbassò la mano; accennò di sì più volte col capo.

— Mi scusi.

— No, anzi vi ringrazio.... Ma no: piangete?... no.... via, via, caro Crispucci.... non ho voluto offendervi! Su, su.... Lo so, lo comprendo: è per voi una cosa molto triste; ma pensate che non accettate per voi codesta eredità: voi non siete solo, avete una figliuola, a cui non sarà facile — voi lo capite — trovar marito, senza una buona dote, che ora.... Eh, lo so!...

È a un prezzo ben duro, ma... i denari son denari, caro Crispucci, e fanno chiudere gli occhi su tante cose.... Avete anche la madre.... voi non avete molta salute e....

Crispucci approvò col capo tutte queste considerazioni del signor avvocato, tranne quella su la sua salute, che gli fece sgranar gli occhi con un piglio scontroso. S'inchinò — si mosse per uscire.

— E non prendete le carte? — gli disse l'avvocato, porgendogliele di su la scrivania.

Crispucci tornò indietro, asciugandosi gli occhi con un sudicio fazzoletto, e prese quelle carte.

— Dunque partite domani?

— Signor avvocato, — rispose Crispucci, guardandolo, come deciso a dir qualche cosa che gli faceva tremare il mento; ma s'arrestò; lottò un pezzo per ricacciare indietro, nell'abisso di silenzio, quel che stava per dire, e alla fine esclamò, esasperatamente: — Non lo so!

Voleva dire: — "Parto, se vossignoria accetta per la sua signora un anellino di questa mia eredità!"

Di là, agli altri scritturali dello studio che da tre giorni si spassavano a punzecchiarlo con fredda ferocia, aveva promesso, digrignando i denti, a chi una veste di seta per la moglie, a chi un cappello con le piume per la figliuola, a chi un manicotto per la fidanzata.

— Magari!

— Ah sì? E un po' di biancheria anche.... Qualche camicia fina, velata e ricamata, aperta davanti, per tua sorella?

— Magari! E perchè no?

— Ma a patto che l'indossi....

Voleva che di quella eredità tutti, con lui, fossero insozzati.

Leggendo nell'inventario la descrizione del ricchissimo guardaroba della defunta, e di quel che contenevano di biancheria gli armadii e i cassettoni, s'era figurato di poterne vestire tutte le donne della città.

Se un resto di ragione non lo avesse trattenuto, si sarebbe fermato per via a prendere per il petto i passanti e a dir loro:

— Mia moglie era così e così; è crepata or ora a Napoli; m'ha lasciato questo e quest'altro; volete per vostra moglie, per vostra sorella, per le vostre figliuole, una mezza dozzina di calze di seta, finissime, traforate?

Un giovanotto spelato, dalla faccia itterica, lunga e tagliente, che aveva la malinconia di voler parere elegante, sentiva finirsi lo stomaco da tre giorni, là nella stanza degli scritturali, a quelle profferte. Era da una settimana soltanto nello studio, e più che da scrivano faceva da galoppino, come chiaramente dimostravano le scarpe; ma voleva conservare la sua dignità; non parlava quasi mai, anche perchè nessuno gli rivolgeva la parola; si contentava d'accennare un sorrisetto vano a fior di labbra, non privo d'un certo sprezzo lieve lieve, ascoltando i discorsi degli altri, e tirava fuori dalle maniche troppo corte o ricacciava indietro con mossettine sapienti i polsini ingialliti.

Quel giorno, appena Crispucci uscì dalla stanza del signor avvocato e prese dall'attaccapanni il cappello e il bastone per andarsene, non potè più reggere e lo seguì, mentre gli altri scrivani, ridendo, gridavano dall'alto della scala:

— Crispucci, ricòrdati! La camicia per mia sorella!

— La veste di seta per mia moglie!

— Il manicotto per la mia fidanzata!

— La piuma di struzzo per la mia figliuola!

Per istrada lo investì, con la faccia più scolorita che mai dalla bile:

— Ma perchè fate tante sciocchezze? Perchè seminate la roba così? Che porta scritta forse in qualche parte la provenienza? Vi tocca una fortuna come questa, e ne profittate così? Siete impazzito?

Crispucci si fermò un momento a guatarlo di traverso.

— Fortuna! fortuna! fortuna! — ribattè quello. — Fortuna prima e fortuna adesso! Ma scusate, non vi sembra una gran fortuna che vi siate liberato, tant'anni fa, d'una moglie come quella? Vi scappò di casa.... so che vi scappò di casa, tant'anni la!

— Te ne sei informato?

— Me ne sono informato. Ebbene? Che noje, che impicci, che fastidii ne aveste più? Niente! Ora è morta; e non vi sembra un'altra fortuna, questa? Perdio! Non solo perchè è morta, ma anche perchè di stato vi fa cangiare! Ho sentito anche che c'è una cartella di rendita di diecimila lire.... Ventimila di gioje.... Altre cinque o sei mila ne caverete dai mobili e dal guardaroba.... Son vicine a quarantamila, perdio! che volete di più? Non saltate? non ballate? Dite sul serio?

Crispucci si fermò a guatarlo di nuovo.

— T'hanno detto forse che ho una figliuola da maritare?

— Vi parlo così per questo!

— Ah! Franco....

— Franchissimo.

— E vuoi che pigli l'eredità?

— Sareste un pazzo a non farlo! Quarantamila lire....

— E con quarantamila lire, vorresti che dessi la figliuola a te?

— Perchè no?

— Perchè, se mai, con quarantamila lire, potrei comprare una vergogna meno sporca della tua.

— Che vuol dire? Voi m'offendete!

— No. Ti stimo. Tu stimi me, io stimo te. Per una vergogna come la tua non darei più di tremila lire.

— Tre?

— Cinque, va' là! e un po' di biancheria. Hai una sorella anche tu? Tre camìce di seta anche a lei, aperte davanti! Se le vuoi, te le do.

E lo piantò lì, in mezzo alla strada.

A casa non disse una parola nè alla madre nè alla figliuola. Del resto, non aveva mai ammesso, dal giorno della sciagura in poi, cioè da circa sedici anni, nessun discorso che non si riferisse ai bisogni immediati della vita. Se l'una o l'altra accennava minimamente a qualche considerazione estranea a questi bisogni, si voltava a guardarle con tali occhi, che subito la voce moriva loro sulle labbra.

Il giorno appresso partì per Napoli, lasciandole non solo nell'incertezza più angosciosa sul conto di quella eredità, ma anche in una grande costernazione, se — Dio liberi — commettesse là qualche grossa pazzia.

Le donne del vicinato fomentavano questa costernazione, riferendo e commentando tutte le stranezze commesse da Crispucci in quei tre giorni. Qualcuna, con rosea e fresca ingenuità, alludendo alla defunta, domandava:

— Ma com'è ch'era tanto ricca, com'è? Ho sentito dire che si chiamava Margherita. Com'è che, dice, la biancheria è cifrata *R* e *B?* Che combinazione! Le stesse mie cifre!

— E *B?* No, *R* e *C,* — correggeva un'altra — *Rosa Clairon,* ho sentito dire.

— Ah, guarda, Clairon.... Cantava?

— Pare di no.

— Ma sì che cantava! Ultimamente no, più. Ma prima cantava....

— Rosa Clairon, sì.... mi pare.

La figliuola, a questi discorsi, guardava la vecchia nonna con un lustro di febbre negli occhi affossati, e una fiamma fosca sulle guance magre. La vecchia nonna, con la grossa faccia piatta, gialla, sebacea, quasi spaccata da profonde rughe rigide e precise, s'aggiustava sul naso gli occhialoni che, dopo l'operazione della cateratta, le rendevano mostruosamente grandi e vani gli occhi tra le rade ciglia lunghe come antenne d'insetto, e rispondeva con sordi grugniti a tutte quelle ingenuità delle vicine.

Molte delle quali sostenevano con calore, che via, in fin dei conti, non solo non era da stimar pazzo, ma forse neppure da biasimare quel povero signor Crispucci, se voleva che nessuno di quegli abiti, nessun capo di quella biancheria toccasse le carni pure della sua figliuola. Meglio sì, meglio darli via, se non voleva svenderli. Naturalmente, come vicine di casa, credevano di poter pretendere che, a preferenza, fossero distribuiti tra loro. Almeno qualche regaluccio, via.... Chi sa che fiume di sete gaje e lucenti, che spume di merletti, tra rive di morbidi velluti e ciuffi di bianche piume di cappelli, sarebbero entrati fra qualche giorno nello squallore di quella stamberga.

Solo a pensarci, ne avevano tutte gli occhi piccoli piccoli. E Fina, la figliuola, ascoltandole e vedendole così inebriate, si storceva le mani sotto il grembiule, e alla fine scattava in piedi e andava via.

— Povera figliuola, — sospirava allora qualcuna. — È la pena....

E un'altra domandava alla nonna:

— Credete che il padre la farà vestir di nero?

La vecchia rispondeva con un altro grugnito, per significare che non ne sapeva nulla.

— Ma certo! Le tocca....
— È infine la madre!
— Se accetta l'eredità....
— Ma vedrete che prenderà il lutto anche lui....
— No no, lui no....
— Se accetta l'eredità....

La vecchia si agitava sulla seggiola, come Fina si agitava sul letto, di là. Perchè questo era il dubbio smanioso: che egli accettasse l'eredità.

Tutte e due, di nascosto, al primo annunzio della morte, s'erano recate dal signor avvocato Boccanera, spaventate dalle furie con cui Crispucci aveva accolto la notizia di quell'eredità, e lo avevano scongiurato a mani giunte di persuaderlo a non commettere le pazzie minacciate. Come sarebbe rimasta, alla morte di lui, quella povera figliuola, che non aveva avuto mai, mai un momento di bene da che era nata? Egli metteva in bilancia un'eredità di disonore e una eredità d'orgoglio: l'orgoglio d'una miseria onesta. Ma perchè pesare con questa bilancia la fortuna che toccava alla povera figliuola? Ella era stata messa al mondo senza volerlo, e finora con tante amarezze aveva scontato il disonore della madre; doveva ora per giunta essere sacrificata anche all'orgoglio del padre?

Durò un'eternità — diciotto giorni — l'angoscia di questo dubbio. Neppure un rigo di lettera in quei diciotto giorni. Finalmente, una sera, per la lunga scala erta e angusta le due donne intesero un tramestìo affannoso. Erano i facchini della stazione che portavano su, tra ceste e bauli, undici pesanti colli.

A piè della scala, Crispucci aspettò che i facchini andassero a deporre il carico nel suo appartamento al quarto piano; li pagò; quando la scala ritornò quieta, prese a salire adagio adagio.

La madre e la figliuola lo attendevano trepidanti sul pianerottolo, col lume in mano. Alla fine lo videro apparire, a capo chino, insaccato in un abito nuovo, color tabacco, peloso, comprato certo bell'e fatto a Napoli in qualche magazzino popolare. I calzoni lunghi gli strascicavano oltre i tacchi delle scarpe pur nuove; la giacca gli sgonfiava da collo.

Nè l'una nè l'altra delle due donne ardì di muovere una domanda. Quell'abito parlava da sè. Soltanto la figliuola nel vederlo diretto alla sua stanza, prima che ne richiudesse l'uscio, gli chiese:

— Papà, hai cenato?

Crispucci, dalla soglia, voltò la faccia e con una smorfia nuova di riso e una nuova voce rispose:

— *Wagon-restaurant.*

INDICE.

CPSIA information can be obtained
at www.ICGtesting.com
Printed in the USA
BVHW04*0201230818
525056BV00011BB/813/P